Dilip Kumar Roy/Indira Devi

Die Bettlerprinzessin
Das Leben der Mirabai
Schauspiel in fünf Akten

Aus dem Englischen übersetzt von Reinhold Schein

Dilip Kumar Roy/Indira Devi:
Die Bettlerprinzessin. Das Leben der Mirabai - Schauspiel in
fünf Akten
Aus dem Englischen übersetzt von Reinhold Schein

Die Originalausgabe erschien 1955 unter dem Titel
The Beggar Princess: A Historical Drama in five Acts
bei Kitab Mahal, Allahabad,
eine Neuauflage 1999 bei Hari Krishna Mandir, Pune

© 1955 Dilip Kumar Roy und Indira Devi
© 1980 Hari Krishna Mandir Trust, Pune
Fotos: Hari Krishna Mandir Trust, Pune
© der deutschen Ausgabe: Reinhold Schein, 2015

Umschlaggestaltung: Helen Rovenets

Verlag: tredition GmbH, Hamburg, 2016

ISBN
Paperback: 978–3–7323–4759–9
e–Book: 978–3–7323–4761–2

Printed in Germany

Vorwort des Übersetzers

Hauptperson des Schauspiels ist eine der faszinierendsten Frauen Indiens, die im 16. Jahrhundert lebende Rajput-Prinzessin Mirabai, die den Mut und die Kraft besaß, mit allen Konventionen der Aristokratie zu brechen, um heimat- und besitzlos im Namen ihres geliebten Gottes Krishna, für den sie eine Vielzahl von Liedern komponierte und sang, durchs Land zu ziehen. Bis heute sind ihre mündlich überlieferten Lieder in den Hindi-sprachigen Regionen Indiens berühmt und lebendig.

Die Autoren

Dilip Kumar Roy wurde 1897 in Kalkutta geboren. Sein Vater, Dwijendralal Roy, war weit über Bengalen hinaus als Lyriker und Verfasser historischer Dramen bekannt geworden. Er hatte sich für die Stärkung des indischen Nationalbewusstseins im Streben nach Unabhängigkeit von der britischen Kolonialherrschaft engagiert.

Zu den prägenden Einflüssen seiner Jugend gehörten mehrere direkte Schüler des berühmten Mystikers Sri Ramakrishna (1836-86). Ihre Augenzeugenberichte über Ramakrishna, seine ekstatische Gottesliebe und überragende spirituelle Verwirklichung ließen in D. K. Roy den Wunsch aufkeimen, sein Leben ebenfalls dem Göttlichen zu weihen und auf Familie und materielle Sicherheit zu verzichten.

Schon früh zeigte sich seine außergewöhnliche Musikalität. Er erlernte den klassischen indischen Gesang, eine Kunst, die er sein Leben lang immer weiter vervollkommnete. Während seiner Studienjahre in England (1919-1922) bereiste er auch andere europäische Länder und lernte auf Französisch, Deutsch und Italienisch zu singen.

Zurück in Indien wurde D. K. Roy bald als Musiker berühmt, aber der künstlerische Erfolg allein konnte ihn nicht zufrieden stellen. Immer stärker wurde die Sehnsucht, sein Leben einem höheren Ziel zu widmen. Er fühlte sich zu seinem bengalischen Landsmann, dem großen Yogi und visionären Philosophen Sri Aurobindo hingezogen. 1928 tat er mit dem Eintritt in den Sri Aurobindo Ashram in Pondicherry den entscheidenden Schritt. D. K. Roy war einer der engsten Schüler und Vertrauten seines Gurus. Während der langen Jahre, in denen Sri Aurobindo ganz zurückgezogen lebte, antwortete er in fast tausend Briefen auf Dilips Fragen über die Praxis des Yoga und die Schwierigkeiten auf dem Weg. Einige dieser Briefe sind in D. K. Roys autobiographischen Büchern *Sri Aurobindo Came To Me* und *Pilgrims of the Stars* abgedruckt, viele weitere in Sri Aurobindos *Letters on Yoga*. Eine umfassende Ausgabe dieser Briefe erschien in vier Bänden unter dem Titel *Sri Aurobindo to Dilip.*

Als eins der ersten Ergebnisse seiner Yogapraxis erschloss sich D. K. Roy eine neue Form künstlerischen Ausdrucks. Zur Musik hinzu trat das Medium des geschriebenen Worts in Form von Lyrik, Bühnenstücken, Erzählungen, Romanen und Biographien. So entstand ein umfangreiches literarisches Werk von 75 Büchern in Bengali und 26 Büchern in Englisch. Auch im Sri Aurobindo Ashram entwickelte sich seine Gesangskunst weiter. Sie wurde – wie die schriftstellerische Arbeit – ein Teil seines *Sadhana,* des ganz auf das höchste spirituelle Ziel ausgerichteten Lebens.

Unter den vielen Erscheinungsformen des Göttlichen in der indischen Spiritualität war es besonders die Gestalt Krishnas, die auf D. K. Roy eine unwiderstehliche Anziehungskraft ausübte. Eine unübersehbare Fülle von Literatur in Sanskrit und in den Volkssprachen beschreibt Krishnas transzendenten Charme, seine Taten und Spiele, sein bezauberndes Lächeln und den unwiderstehlichen Lockruf seiner Flöte. Die Liebe zu diesem Gottmenschen, die Sehnsucht nach ihm, der übermächtige Wunsch, vor ihm Gnade zu finden, ihn zu sehen, bei und mit ihm sein zu dürfen, gaben D. K. Roys Gesang die besondere Wärme und Intensität, die ihn aus der Menge der nur technisch virtuosen Sänger heraushob.

Indira Devi wurde 1920 in einer angesehenen Familie in Quetta, weit im Nordwesten des damaligen Britisch-Indien geboren. Sie erhielt die bestmögliche Schul- und Collegebildung in Lahore, heute in Pakistan. Von ihren Eltern wurde sie nach indischer Sitte mit einem Mann aus der passenden Gesellschaftsschicht verheiratet. Zwei Söhne entstammen dieser Ehe. Bei allem äußeren Glanz des Lebens in der indischen Oberschicht empfand Indira eine gähnende innere Leere. Auch ein intensives Engagement in sozialer Projektarbeit konnte diese Leere, das Gefühl, vom eigentlichen Leben abgeschnitten zu sein, nicht lange überdecken.

Die entscheidende Wende kam, als sie Dilip Kumar Roy, der 1946 in ihrem Wohnort Jabbalpur Vorträge über Sri Aurobindos Lehre des Integralen Yoga hielt, zum ersten Mal sah. Intuitiv erfasste sie, dass dieser Mann in der ockerfarbenen Tracht der *Sadhus* (derer, die dem weltlichen Leben entsagt haben) den Schlüssel zu jener Wirklichkeit besaß, die ihr versperrt war. 1949 erlaubte er ihr, ihn in Pondicherry zu besuchen.

Es war ihr klar, dass nur Dilip Kumar Roy ihr Guru sein konnte, und sie bat ihn, seine Schülerin sein zu dürfen. D. K. Roy lehnte das zunächst ab. Er selbst sei ja noch ein Schüler, und außer Sri Aurobindo könne es keinen weiteren Guru im Ashram geben. Sie solle Schülerin des Meisters selbst werden. Indira blieb jedoch bei ihrer Überzeugung, dass bei aller spirituellen Größe Sri Aurobindos nur der von ihrem Herzen ausgewählte D. K. Roy, der Sänger der Liebe zu Krishna, ihr Mentor und Meister sein könne. Mit Sri Aurobindos Zustimmung und seinem Versprechen, sie sozusagen aus dem Hintergrund anzuleiten, willigte Dilip schließlich ein, Indira Devi als seine Schülerin anzunehmen.

Nach einer schwierigen Phase der Ablösung von der Familie, die Indira massiv unter Druck setzte, sich den gesellschaftlichen Konventionen zu fügen, ging sie endgültig zu ihrem Guru nach Pondicherry, wo die beiden bis zu Sri Aurobindos *Mahasamadhi*[1] im Dezember 1950 blieben.

1953 gingen D. K. Roy und Indira Devi im Auftrag der indischen Regierung auf eine Weltreise als Botschafter der indischen Kultur. Er sang und sie tanzte dazu in verschiedenen Stilrichtungen der klassischen indischen Tanzkunst. Der Wunsch, einen eigenen Ashram als Nukleus für eine Gemeinschaft ernsthaft Suchender zu gründen, konnte nach dieser Weltreise in Poona verwirklicht werden – zunächst in dem bescheidenen Räumen eines Privathauses, ab 1959 in dem *Hari Krishna Mandir* genannten Neubau. Nach dem Schock, den der physische Verlust ihres Gurus am 6. Januar 1980 seinen Schülern versetzte, ging das Werk unter Leitung von Indira Devi weiter und zog größere Kreise. Auch nach Indira Devis Tod am 31. Dezember 1997 bleibt der Hari Krishna Mandir ein Ort der Inspiration.

---

[1] Der körperliche Tod eines Menschen, der schon zu Lebzeiten Gottverwirklichung erlangt hat, wird als *Mahasamadhi* – das große und bewusste Einswerden mit dem Göttlichen – verstanden.

Mirabai

Schon in der ersten Zeit nach ihrer Initiation in den Yoga hatte Indira Devi Visionen von einer jungen Frau in der Tracht von Rajasthan, die in einer schönen, schlichten und poetischen Sprache Lieder über Krishna und ihre Liebe zu ihm sang. Sie gab sich als Mira zu erkennen, eine der berühmtesten Persönlichkeiten des an Heiligen und glühenden Verehrern Gottes so reichen Indien. Indira erfuhr auf diese Weise viele Einzelheiten aus Miras irdischem Leben, das sie ganz ihrem göttlichen Geliebten Gopal Krishna geweiht hatte. Die Mira dieser inneren Erlebnisse sang Lieder von hoher poetischer Ausdruckskraft, die ein einziges Thema vielfach variieren: Miras Liebe zu Krishna, die Erinnerung an die Glückseligkeit der Nähe zu ihm, den Schmerz des Getrenntseins und die Sehnsucht nach ihm, die Erwartung seines Kommens, die ekstatische Freude der Begegnung mit dem göttlichen Geliebten. Über 900 solcher Lieder wurden im Lauf der Jahre aufgezeichnet und in einer Reihe von Bänden herausgegeben. Es ist bemerkenswert, dass die Sprache dieser Lieder, eine altertümliche Form des Hindi, Indira Devi keineswegs vertraut war. Sie war sprachlich im Punjabi, im Englischen und im Urdu zu Hause und beherrschte zu der Zeit, als sich diese Lieder in dichterischer Vollendung einstellten, Hindi nur sehr unvollkommen.

Mira lebte im 16. Jahrhundert, ihre genauen Lebensdaten sind nicht überliefert. Sie war die einzige Tochter des Rajput-Fürsten Ratan Singh, wurde mit dem Kronprinzen und späteren König des bedeutenden Staates Mewar, Maharana Bhojraj, verheiratet und lebte als Königin von Mewar am Hof ihres Gemahls. Miras Verhalten war für eine verheiratete Hindu-Frau und zumal für eine Fürstin höchst ungewöhnlich. Sie hatte schon als Kind eine Statuette Gopal Krishnas geschenkt bekommen, die sie durch ihr ganzes Leben begleitete. In den privaten Tempel, in dem sie ihre Lieder der sehnsüchtigen Liebe zu Krishna sang, gewährte sie jedermann ohne Rücksicht auf Kasten- und Standesschranken Zutritt. Das Volk konnte am spirituellen Leben der Königin teilnehmen. Das machte Mira schnell zu dessen Liebling, schuf ihr aber Feinde bei Hof. Nach dem Tode ihres Gemahls und Beschützers nahmen die Intrigen und Angriffe ein unerträgliches Ausmaß an. Sie fanden ihren Höhepunkt in einem Versuch, sie zum Selbstmord zu zwingen. Daraufhin verließ Mira Mewar und zog von nun an als wandernde, besitzlose Minnesängerin Krishnas durch Nordindien, bis sie sich schließlich in Brindaban, dem Ort der Kindheit und Jugend Krishnas, dauerhaft niederließ.

Miras *Bhajans* (Lieder der Gottesliebe) verbreiteten sich über ganz Nord- und Zentralindien und sind bis heute lebendig geblieben. Und die Persönlichkeit der Königin, die alle gesellschaftlichen Konventionen durchbrach, alle Bindungen durchtrennte und alle Sicherheiten aufgab, um Bettlerin im Namen ihres geliebten Gopal Krishna zu werden, inspiriert die Menschen in ganz Indien bis heute.

Sowohl Indira Devi als auch Dilip Kumar Roy hatten eine tiefe innere Beziehung zu Mirabai, über die sie an anderer Stelle[2] berichtet haben und die den Hintergrund des Schauspiels bildet. Was sie von ihr erfuhren, stimmt im Wesentlichen mit unseren Kenntnissen über die historische Mirabai überein. Es geht den Autoren jedoch weniger um Historizität, als um die spirituelle Botschaft, die Miras beispielhaftes Leben perfekter Hingabe vermittelt. Die Handlung des Schauspiels beruht vorwiegend auf Indira Devis

---

[2] *Indira Devi's Diary* in *Indiranjali*, vol. 1, Pune 2000, p. 20 – 61; *Dadaji Sri Dilip Kumar's Diary*, ib. p. 67 – 91.

innerem Erleben. Dilip Kumar Roy hat es in ein Englisch von treffsicherer Genauigkeit des Ausdrucks gebracht. Die in das Drama eingestreuten Lieder sind D. K. Roys englische Nachdichtungen der Mira-*Bhajans,* wie Indira Devi sie in ihrem *Samadhi*[3] gehört hat. Der Philosoph und Sanskrit-Gelehrte Gopinath Kaviraj bemerkte dazu, *Die Bettlerprinzessin* sei das Ergebnis einer einzigartigen Zusammenarbeit dreier Mitwirkender.

Bhakti Yoga

Mirabai wie auch D. K. Roy und Indira Devi stehen in der Tradition des *Bhakti Yoga,* dem Streben zum Göttlichen durch liebende Hingabe. Schon in der *Bhagavad Gita,* der großen Synthese der verschiedenen religiösen und philosophischen Strömungen des alten Indien, wird der *Bhakti Yoga* den Yogawegen der Weisheit (*Jnana Yoga*) und des selbstlosen Handelns (*Karma Yoga*) zur Seite gestellt. Die *Bhakti*-Tradition hat eine fast unübersehbare Menge bedeutender Literatur in Sanskrit und den Volkssprachen hervorgebracht, Lieder und Erzählungen in Versen wie in Prosa. Zentrale und immer wiederkehrende Motivkreise der auf Krishna gerichteten *Bhakti* sind:

- Krishna als das göttliche Kind von unwiderstehlichem Liebreiz, das in jeder Frau (und auch in vielen Männern) überströmende mütterliche Liebe erweckt.
- Krishna als Gopal, der jugendliche Hirt, der in der Landschaft um Brindaban an der Jamuna auf seiner Flöte spielt. Die Musik dieser Zauberflöte schlägt jeden,

---

[3] *Samadhi*: Ein erhabener und glückseliger Zustand der Vereinigung des individuellen Bewusstseins mit dem unbegrenzten kosmischen Bewusstsein.

der sie einmal gehört hat, in ihren Bann. Man kann sich dem Lockruf dieser Flöte nicht entziehen, auch wenn es zu Konflikten mit den Pflichten und Konventionen des Alltagslebens führt.

-   Eine wechselseitige Liebe besteht zwischen dem jugendlichen Gopal Krishna und den *Gopis*, den Hirtinnen von Brindaban, die sich heimlich nachts mit ihrem Gopal treffen. Krishnas *Rasa Lila*, sein Reigentanz mit den Gopis bei Vollmond am Ufer der Jamuna ist ein Lieblingsthema der Poesie und der Malerei Indiens. Besonders hervorgehoben ist in diesem Kontext Radha, die das hingebungsvolle Wesen der Gopis am reinsten verkörpert.

Die Lieder der Mirabai nehmen diese Motive auf, die für sie nicht nur poetische Bilder waren, sondern die Realität ihrer eigenen alles verzehrenden Liebe zu Gopal Krishna.

Religiöse und spirituelle Erfahrung haben zu allen Zeiten nach dichterischem Ausdruck gesucht. Im modernen Indien kann sich dieser Drang nach Ausdruck, wie im vorliegenden Werk, auch der englischen Sprache bedienen und dabei der Bild- und Gefühlswelt der *Bhakti*-Tradition doch vollkommen verbunden bleiben.

Das Wunderbare

Wunderbare Ereignisse spielen in diesem Stück eine bedeutende Rolle und in ihrem Mittelpunkt steht eine Statuette Gopal Krishnas. Ein *Sadhu* bringt sie Mira an ihrem siebten Geburtstag, in göttlichem Auftrag, wie er erklärt. Diese Statuette wird zur eigentlichen Hauptperson des Stücks. Für Mira ist sie kein totes Stück Material, auch kein bloß ästhetisch schönes Kunstwerk. Sie ist auch mehr als ein Gegenstand kultischer Verehrung. Für Mira ist sie Gopal, der göttliche Freund und Geliebte selbst. Wenn Mira mit ihrem Gopal spricht, für ihn singt, ihm ihre Liebe erklärt, ihm manchmal in gekränktem Stolz Vorwürfe macht, dann wird die Figur lebendig, sie wird Gopal, sie *ist* dann Miras Spielgefährte, Lehrer, Freund und Liebster. Er lehrt sie tanzen und singen und ihre Liebe immer weiter zu läutern. So wächst Mira mit ihrem Gopal zusammen auf. Für ihre Eltern und alle anderen, die in ihrem Krishna nichts weiter als eine kleine Figur sehen können, erscheint Mira als ein hochbegabtes, aber auch sehr exzentrisches Mädchen. Die eheliche Bindung an einen Mann aus Fleisch und Blut, so hofft man, werde ihr den Kopf zurechtrücken. Diese Hoffnung trügt jedoch. Auch für die verheiratete Mira bleibt Gopal das Zentrum, der Sinn und Inhalt ihres Daseins, und seine Statuette begleitet sie durch alle Etappen ihres abenteuerreichen Lebens. Die Dialoge zwischen Mira und ihrem lebendig gewordenen Gopal bilden den inneren Kern des Stückes und machen zugleich seine äußere Handlung verständlich. Höhepunkt der wunderbaren Ereignisse ist ein versuchter Giftmord an Mira. Durch Gopals Eingreifen wird Mira gerettet.

Der Aufbau des Stücks

Dem eigentlichen Spiel vorangestellt ist eine Anrufung Miras. Dieses lange Gedicht ist ein Schlüssel zum Verständnis des Werks. In der Anrufung gibt D. K. Roy die Erfahrung einer Folge mehrerer innerer Begegnungen mit Mirabai wieder, in der sie über sich selbst, über Krishna und ihre Liebe zu ihm spricht. Sie ermutigt Dilip und fordert ihn auf, ihr auf dem *Bhakti*-Weg nachzufolgen, ohne sich von Schwierigkeiten und Hindernissen abschrecken zu lassen. Im Anschluss an Miras Lehrrede gelobt Dilip freudig, sich ihrer Führung anzuvertrauen.

Die fünf Akte des Schauspiels sind von einem Prolog

und einem Epilog eingerahmt. Die Hauptfiguren dieser Rahmenhandlung, eine junge *Sadhika* namens Tapati und Asit, ein *Sadhaka*[4] in mittleren Jahren, sind als Abbilder von Indira Devi und D. K. Roy zu erkennen. Während Asit ein Lied der Gottesliebe singt, tritt Tapati in einen Zustand des *Samadhi* ein und hat eine Vision von Mirabai. Mira eröffnet Tapati drei weitere visionäre Szenen aus ferner Vergangenheit. In ihnen erscheinen Anasuya, die Gemahlin des mythischen Dichter-Sehers Atri, und Radha, wie sie für ihren geliebten Gopal Krishna singt. Diese Szene verwandelt sich in das Bild des Reigentanzes Krishnas mit den Gopis (*Rasa Lila*). Schließlich kommt Mira noch einmal. Sie deutet an, dass Anasuya, Radha und Mira ein und dasselbe Wesen in drei verschiedenen irdischen Inkarnationen waren, mit dem gleichen Ziel und Streben nach völliger Hingabe an das Göttliche.

Der Hauptteil des Schauspiels präsentiert dann auf der Bühne, was Tapati von Mira in weiteren Bildern und Worten inneren Erlebens vermittelt wird. In fünf Akten werden die entscheidenden Situationen in Miras Leben vorgeführt, vom Eintritt Gopals in die Welt ihrer Kindheit durch glückliche Zeiten der Gottesnähe und existentielle Krisen bis zur endgültigen Wiedervereinigung mit dem göttlichen Geliebten.

Der Epilog führt uns nach einem weiteren inneren Zwiegespräch Tapatis mit Mira in das Hier und Jetzt zurück. Tapati kehrt aus ihrem *Samadhi* ins Hier und Jetzt zurück und stellt fest, dass Asit noch immer das Lied aus dem Prolog singt. Während Tapati innerlich Miras ganzes Leben nacherlebt hat, ist in der äußeren Welt fast keine Zeit vergangen.

---

[4] *Sadhaka*: Jemand, der *Sadhana* (spirituelle Praktiken zur Selbst- bzw. Gottverwirklichung) ausübt. *Sadhika*: weiblicher *Sadhaka*.

Sprache und Stil

Dilip Kumar Roys englische Lyrik und Prosa zeichnen sich durch einen enorm reichen Wortschatz aus. Im Gegensatz zum Trend der modernen englischsprachigen Literatur zu sprachlicher Ökonomie scheut sich D. K. Roy nicht vor einem bildhaften, mit vielen Adjektiven und Vergleichen ausgeschmückten Stil. Das reiche Potential der englischen Sprache zum Ausdruck feiner Nuancierungen geht in der *Bettlerprinzessin* eine Synthese mit der indischen Liebe zu Schmuck und Ornament ein.

Drei Ebenen sprachlichen Ausdrucks sind deutlich zu unterscheiden:

- Den größten Anteil haben die Dialoge der 5 Akte, die in einer schlichten, umgangssprachliche Ausdrucksformen einbeziehenden Prosa verfasst sind.
- Eingestreut in die Handlung sind Miras Lieder. In jedem Stadium der dramatischen Entwicklung drückt Mira ihre Gefühle in poetisch-liedhafter Weise reiner, klarer und anrührender aus, als dies in Prosa möglich ist.
- Die Anrufung Miras sowie Prolog und Epilog sind in einer gehobenen Sprachebene in Blankversen in abgefasst.

Zur deutschen Übersetzung

Während die Prosadialoge des Schauspiels keine besonderen Übersetzungsschwierigkeiten boten, ergaben sich bei der Anrufung, im Prolog und Epilog die typischen Probleme der Übertragung metrisch gebundener Texte in eine andere Sprache. Diese Abschnitte sind in dem Bemühen, Atmosphäre, Gefühlsfärbung und die gehobene Sprachebene zu treffen, unter Verzicht auf die strenge metrische Bindung frei übertragen worden.

Die in das Stück eingestreuten Mira-Lieder sind, wie erwähnt, doppelte Übertragungen. Um D. K. Roys freie Nachdichtungen der von Indira Devi gehörten Hindi-Bhajans angemessen ins Deutsche zu bringen, hätte es eines größeren poetischen Talents bedurft. So ist der ursprüngliche Liedcharakter dieser Lyrik mit Rhythmus, Metrum und Endreim weitgehend verloren gegangen. Es bleibt zu hoffen, dass zumindest ein gewisser Eindruck von der emotionalen Intensität und poetischen Kühnheit dieser Lieder vermittelt werden kann. An dieser Stelle danke ich besonders Meera Jayram, die mir half, die Hindi-Lyrik zu verstehen, und Dorothea Gärtner für viele hilfreiche Vorschläge.

Wegen ihrer auch für westliche Leser interessanten Bemerkungen zur Bhakti-Tradition und deren Haltung gegenüber dem Element des Wunderbaren wurden auch Vorwort und Einführung aus der Originalausgabe sowie eine Danksagung von D. K. Roy übernommen. Das ausführliche Vorwort von C. P. Ramaswami Aiyar enthält eine Inhaltsangabe des Schauspiels. Der Literaturwissenschaftler Sisir Kumar Ghose kennzeichnet *Die Bettlerprinzessin* in seiner Einführung als eine literaturgeschichtliche Innovation: das erste englischsprachige Schauspiel in der indischen Bhakti-Tradition.

Eingefügt wurden einige Fußnoten des Übersetzers zum Verständnis von Begriffen aus dem Sanskrit und anderen indischen Sprachen. Diese können auch in einem Glossar am Ende nachgeschlagen werden.

Reinhold Schein

Vorwort der Ausgabe von 1955

Die leidenschaftliche Selbsthingabe der Seele ist zugleich die höchste Form der Entsagung und Selbstverwirklichung. In Indien nennen wir sie *Bhakti*. Spirituell entwickelte Menschen in aller Welt, im Westen wie im Osten, haben immer deren Bedeutung erkannt, aber den sogenannten „Gebildeten" blieb sie weitgehend verborgen. Nirgends findet sie sich in reinerer Form als in der Lebensgeschichte der Mirabai, einer Königstochter aus Marwar, die im 16. Jahrhundert lebte. Schon als Kind verehrte sie gesammelt und hingebungsvoll Krishna, zu dessen Ehren sie der Überlieferung gemäß unvergessliche Lieder der Gottesliebe komponierte, bis sie endlich eins mit ihm wurde. Ihre Lieder gehören zum lebendigen Erbe Indiens, und ihre Lebensgeschichte ist viel bedeutsamer als eine bloße Legende, denn sie zeigt eine nationale Eigenschaft, die alle Jahrhunderte überdauert hat. Schon zu vedischen Zeiten waren Riten und Gebete bekannt, mit denen die Gläubigen eine bestimmte Form der Gottheit anriefen, damit sie ihren Sitz in einem Kultbild nehme. Was macht es schon, wenn überhebliche Leute diese Art der Verehrung als Abgötterei oder Aberglauben brandmarken? Die indische Methode beruht auf der grundsätzlich richtigen Lehre, dass zielgerichtete Konzentration in Gedanken, Worten, Dichtung, Gottesverehrung, Singen oder Handeln immer Erfüllung findet, dass Gott den Ruf erhört und seinen Sitz an dem Ort und in der Gestalt nimmt, die das Ziel dieser Konzentration ist. Jede hölzerne oder Steinfigur, jeder Baum und jedes Lebewesen ist vom Standpunkt des Gläubigen mit Seiner Gegenwart erfüllt, und man sieht das Höchste Wesen aus der Figur heraus wirken. Eine europäische Gelehrte, Dr. Betty Heimann, hat mit außergewöhnlicher Klarsicht die Anschauung erfasst, die unserer *Bhakti* zugrunde liegt. Wie sie es ausdrückt, „sind nicht nur der Mensch, sondern auch Tier, Pflanze und Stein von universaler Lebenskraft erfüllt. Eine zweite Belebung erfolgt durch das konzentrierte Denken und Arbeiten des Bildhauers. Eine dritte Belebung geschieht durch die gedankliche Konzentration des Priesters, durch die Gesänge, mit denen er die Gottheit einlädt und willkommen heißt. Eine vierte Belebung tritt ein, wenn die Gottheit den Ruf erhört und ihren Sitz in der Figur nimmt. Die Verehrung von Seiten des Gläubigen trägt zur Lebendigkeit des Bildwerks bei und belebt es immer wieder von neuem. So verkörpert das Kultbild eine aus vielfältigen Quellen stammende Intensität der Kraft." Daher kommt auch die weitverbreitete Überzeugung, dass selbst manche verlassenen oder verfallenen Tempel *Sannidhyam* (die lebendige Gegenwart spiritueller Kraft) besitzen, während andererseits gewisse populäre Tempel mit alter Tradition mangels solcher Ehrerbietung oder gar aufgrund übler Gedanken und unsauberer Praktiken in der Tempelinstitution aufgehört haben, dem erwartungsvollen Gläubigen irgendeine Empfindung von Heiligkeit zu vermitteln.

Sri Dilip Kumar Roy, der bekannte Musiker, Dichter und Gottliebende, hat in seinem erfüllten und vielseitigen Leben immer nach dem Höchsten gestrebt und war stark genug, Ideale aufzugeben, wenn sie nicht mehr lebendig und angemessen waren. Nun hat er sich bemüht, das Geheimnis der *Bhakti* darzustellen, wie es von Generationen aufrichtiger Seelen vorgelebt worden ist. In diesem Stück mit dem Titel „Die Bettlerprinzessin", das in seinem literarischen Werk auf eine Reihe von biographischen Portraits, Gedichten und einfühlsamen Lebensskizzen bedeutender Persönlichkeiten folgt, führt der Autor das Drama von

Mirabais Leben und Leiden vor. Es ist mehr als eine Prosa-
dichtung: Es ist die Biographie einer strebenden Seele.

Der Prolog beginnt in einem Krishna geweihten Ash-
ram-Tempel in Kaschmir. Eine junge Schülerin, Tapati,
hört ihrem Bruderschüler Asit zu, der ein mystisches Lied
singt. Sie geht in *Samadhi* (spirituelle Trance), und hat die
Vision einer Frau in Rajputkleidung, die unbeschreibliche
Sehnsucht, Zweifel und schließlich Gewissheit bei ihr hervorruft. Sie fragt, ob die Erscheinung ein Traumbild aus der
Welt des Schlafs sei, worauf ihr die Antwort gegeben wird:

> *Ich kam mit der Erlaubnis,*
> *in deinem sehnenden Gemüt*
> *den Funken klarer Sicht zu wecken,*
> *klarer als die, mit der wir*
> *Sonne, Mond und Sterne sehen.*

Im Verlauf der Vision erscheint ihr Anasuya, die Gemahlin des mythischen Rishis (Dichter-Sehers) Atri, die von
ihrem erleuchteten Gatten nichts begehrt als:

> *dass ich dir dienen darf, selbstlos und hingegeben.*

Schließlich sieht sie Radha, die entrückt Krishna besingt:

> *Du bist der Lotos, ich bin dein Blatt,*
> *du bist ein Zauberlicht.*
> *In deiner Gnade nimmst Du mich auf,*
> *dein Leuchten färbt mich ein.*
> *Und dennoch frage ich: Wer bin ich?*
> *Ich, Radha, mit der du so spielst?*
> *Doch wie kann ich sagen, was ich bin –*
> *weiß man es je, oh Herr?*

Auf Tapatis Bitte, aus ihrem Leben zu erzählen, berichtet Mira in Umrissen von ihrem Schicksal. Sie nennt es:

... ein Spiel von Leid und unstillbarer Liebessehnsucht.
Mit einem kleinen Funken fing es an,
wuchs aus zu einem mystisch-sengenden Feuer,
das alles niederbrannte, was mir lieb war, bis nichts
mehr blieb von Königin Miras Namen und Gestalt.
Alles verlor sie, wusste nicht, warum.

Und dies ist die Geschichte, die im Drama ausgeführt wird, eine Geschichte, die im Königsschloss von Raja Ratan Singh beginnt. Mirabais siebter Geburtstag wird gefeiert. Sie singt im Chor mit anderen Kindern. Während dessen tritt ein Yogi ein. Mira erzählt den zum Fest versammelten Jungen und Mädchen, dass sie Radha und Krishna mit einer Flöte gesehen hat. Sanatan, der Yogi, überreicht ihr ein Geschenk, eine Figur von Balgopal (Krishna als Kind). Er sagt, sein Herr habe ihm aufgetragen, die Figur Mira zu geben, denn Er habe sich entschlossen, von nun an bei ihr zu bleiben „als ihr Gast und Spielgefährte". Mira fragt: „Wenn ich Ihn liebhabe, wird Er dann lebendig?", worauf Sanatan antwortet: „Du wirst die Antwort bekommen, und zwar eine sehr liebevolle Antwort, wenn du Ihn zu lieben beginnst." Bevor er Abschied nimmt, rät er dem Vater, Mira nicht zu verheiraten, weil sie in der Ehe nicht glücklich werden würde.

Viele Jahre vergehen. Mira begegnet Balgopal in ihren Visionen, sie streitet sich liebevoll mit Ihm und versöhnt sich wieder, sie bittet, fragt, und Er antwortet. Sie erzählt Krishna, dass ihr Vater und die Tanten sie *Arakshaniya* [Mädchen im heiratsfähigen Alter] nennen und es für ungehörig erklären, sie unverheiratet zu Hause zu behalten. Krishna gibt ihr keinen Rat. Er sagt: „Du kannst die oberste Sprosse der Leiter nicht mit einem Schritt erreichen. Du musst Sprosse für Sprosse erklettern." Mira fragt dann, ob sie ihrem Vater gehorchen und heiraten solle. Bhojraj, der

Verlobte, trifft Mira. Auf seine Frage, „Warum willst du dieser Welt endgültig den Rücken kehren für etwas, das zu spektakulär ist, als dass man ihm trauen könnte und zu schön um wahr zu sein? Ist es klug, Hoffnungen auf etwas so Unsicheres zu setzen?", antwortet Mira: „Mir liegt nichts daran, klug zu sein. Ich habe nur eine Sehnsucht: meinem Gopal treu ergeben zu sein." Schließlich verspricht Bhojraj, dass er sie immer hochschätzen werde und fügt mit weltkluger Zuversicht hinzu, sie sei „ein bisschen übermenschlich. Aber die Natur lässt sich nicht verspotten. Sie wird ihr Recht schon geltend machen." Danach erzählt Ratan Singh von ihrer Kindheit: „Mira hat immer versichert, dass die Figur Tag für Tag zum Leben erwacht und sie schöne Lieder und schwierige Tanzrhythmen lehrt." Er fügt hinzu, dass keine Gaunerei dahinterstecken könne, denn selbst als man Mira in ihr Zimmer einschloss, sei das gleiche Phänomen aufgetreten. Nach all diesen Gesprächen ruft Mira Gopal an, aber diesmal kommt keine Antwort. Sie ist unsicher und verwirrt, und die Heirat mit Bhojraj, jetzt Maharana von Udaipur, der schönen Stadt der Seen und königlichen Paläste, findet statt. Mira baut für sich einen privaten goldenen Tempel für Gopal, in dem sie ihr Leben frommer Hingabe und Keuschheit fortsetzt.

Die Schwester des Maharana sucht ihn auf und erklärt, Mira sei zum Gegenstand von Geschwätz und Gerüchten geworden, weil sie die meiste Zeit im Tempel verbringe und ihren Gemahl und ihre Pflichten vernachlässige. Seine Verwandten machen ihm Vorwürfe und wenden sich von ihm ab. Verwirrt und verzweifelt geht Bhojraj zu Mira. Er hat sein Versprechen gehalten, nicht auf seinen ehelichen Rechten zu bestehen, er sieht auch ein, dass sie dem Thron von Mewar Ruhm gebracht hat. (Heute werden ihre Lieder in jedem Haus gesungen.) Er bittet sie, ihn mit all seinen

Fehlern und Begrenzungen zu akzeptieren, obwohl er weiß, dass sie in diese Welt hineingeboren, aber nicht von dieser Welt ist.

Es gibt erfreuliche und unschöne Episoden im Schloss, es gibt Klatsch. Besondere Erwähnung verdient eine wunderbare Szene, in der Tansen, der große Musiker und Vertraute des Mogulkaisers Akbar, bei Bhojraj erscheint und Mira seine Ehrerbietung erweist. Er sagt: „Ich frage mich, ob das, was man normalerweise Kunst nennt, einem tieferen Drang zur Vollkommenheit entstammt oder vielmehr einem billigen Verlangen, der Menge zu gefallen. Technische Virtuosität wird um des Beifalls willen zur Schau gestellt. Wirkliche Kunst kann nur aus *Tapasya*[5] entstehen." Mira singt eins ihrer Lieder und tanzt dann in ekstatischer Trance. Tansen verabschiedet sich, nachdem er über sich selbst erklärt, er sei in Indien geboren, zum Islam konvertiert, aber Akbar habe ihn aufgeklärt, dass ein schlechter Muslim sei, wer den Glauben eines anderen geringer achte als den eigenen. Mit Miras Segen reist Tansen ab, fest entschlossen, eine Begegnung zwischen Mira und Akbar, seinem Herrn, herbeizuführen.

Bhojraj fällt im Krieg, und sein Bruder Vikram besteigt den Königsthron. Seine Schwester und manche Höflinge protestieren dagegen, dass Mira auch nach dem Tod ihres Gemahls noch im Tempel tanzt und singt. Sie machen scharfe Bemerkungen darüber, dass sie ihre goldenen Armreifen nicht ablegt und das rote Glückszeichen auf der Stirn beibehält.[6] Die Schwester versichert, sie könne bewei-

---

[5] *Tapasya*: wörtl. „Hitze"; aus selbstgewählter Askese gewonnene konzentrierte Energie.
[6] Für eine Witwe ziemte es sich nicht, Schmuck zu tragen und die Stirn mit dem roten Zeichen der verheirateten Frau zu markieren.

sen, dass Mira unkeusch sei. In diesem Moment erscheint Akbar, der Mira kennenlernen will, mit Tansen als Hindu-priester verkleidet im Tempel. Er sagt: „Maharani, ich kam in der Erwartung, eine Liebhaberin Gottes zu finden, aber ich habe etwas Größeres entdeckt: eine Seherin." Er schenkt ihr eine wertvolle kleine Gebetskette, die Mira behutsam auf Gopals Kopf legt. Nun stürmt Vikram in den Tempel. Er und seine Schwester Udaybai beschimpfen Mira. Sie stellen fest, dass das Schmuckstück von typisch muslimischer Handwerksarbeit ist. Mira verstecke ihre Lasterhaftigkeit hinter der Maske scheinbarer Unschuld. Madan, der Tempelpriester, tritt auf und enthüllt, dass Akbar im Tempel gewesen ist. Vikram schäumt vor Wut und schreit, der Muslim habe den heiligen Tempel nur entweihen können, weil Mira ihn heimlich eingeladen ha-be. Er besteht darauf, dass sie einen Becher Gift trinkt, aber siehe, als sie den Becher geleert hat, wird es unwirksam: stattdessen sieht man, wie die Statuette Krishnas erzittert und sich schwarzblau verfärbt wie ein Mensch, der Gift geschluckt hat. Madan bereut und bittet um Vergebung, worauf Mira antwortet: „Gopal hat mir gesagt, dass der Mensch nichts tun kann, was nicht durch Reue und Un-terwerfung vergeben werden könnte." Dann verlässt Mira Udaipur und wird eine umherziehende Minnesängerin Krishnas.

So kommen wir zum letzten Akt, in dem Mira, nun als heilige Bettlerin, Brindaban erreicht, nachdem sie sich von Almosen in Krishnas Namen ernährt hat, und nach vielen Schmähungen und unerfreulichen Begegnungen mit Gau-nern und Lüstlingen. Verzweifelt betritt sie Brindaban, wo sie ihren Guru, Sanatan, sucht. Es folgt eine Szene mit zwei Räubern, von denen einer sie ernsthaft verletzt. Bestürzt und blutend betet sie zu Krishna, ihrem fernen Herrn, der ihren wahren Wert im Schmelztiegel des Leids erprobt hat: „Beurteile mich nicht danach, was ich Bitteres gesagt habe. Ich habe Dich geliebt und darüber alles verloren, aber ich wollte mit Dir ein Geschäft machen – Dich lieben, solange Du mir dafür Glück und Freude gabst." Sie macht Anstalten, sich in die Jamuna zu werfen, als plötzlich Krishna erscheint. Freudig ergreift sie Seine Hand, doch er befreit sich und lacht. Mira sagt stolz:

> *Meine Frauenhand ist nicht so stark,*
> *wie könnte ich lange dich halten*
> *in meinen Armen, o Herr?*
> *Doch selbst wenn du wolltest,*
> *so könntest du nicht*
> *aus meinem Herzen entfliehen.*

worauf Krishna antwortet:

> *Wann hätte Krishna je getäuscht*
> *ein sehnendes, hilfloses Herz,*
> *das trauert, wenn Er nicht mehr singt?*
> *Doch alle, die zu grüßen Er kam,*
> *verschmähten stets Seine Gnade,*
> *und nennen Ihn doch ihren Herrn.*

Miras Vater, Ratan Singh, tritt nun auf und bittet sie, in seinen Palast zurückzukehren. Sie erwidert: „Ich bin nicht mehr die kleine Prinzessin, die du vor Jahren auf den Knien gewiegt hast. Ein glückliches Leben im Palast ist mir jetzt nicht mehr möglich." Ihre endgültige Antwort ist, dass sie zu Füßen ihres Gurus leben will, und in einer weiteren Anrufung Krishnas weiht sie sich unwiderruflich ihrem Ideal.

Ich habe mich bemüht, die ganze Geschichte nachzuerzählen, aber es ist unmöglich, die Atmosphäre intensiver

Gottesliebe wiederzugeben, die diesem Schauspiel so viel Leidenschaft und Leben gibt. Wie Tapati im Epilog sagt:

> *Dein großes Liebeslied erlöste mich*
> *aus Dunkelheit und Schmerz.*
> *Es setzte meine Sinne frei von ihrer*
> *drückend menschlichen Begrenztheit.*

Die Geschichte der Mirabai war Freude und Trost von Generationen.

> *Jede Epoche hier auf Erden nutzte den Klang als eine*
> *Liedertreppe zum Aufstieg auf des Schweigens Gipfel.*

Es ist nicht zu viel behauptet, dass Krishnas *Rasa Lila*[7] in den Hainen von Brindaban unzählige Sänger und Liebhaber Gottes in unserem Land begeistert und getröstet hat. Ihnen waren die Grenzen zwischen unserem und dem jenseitigen Leben kaum bewusst, wie Dilip Kumar Roy in seiner Anrufung Miras, der er sich so eng verbunden fühlt, zu Recht feststellt. Wie viele andere in früheren Jahrhunderten weist er die Ansprüche von Pseudokunst und -wissenschaft, Staatsraison und unechtem Wissen zurück.

> *Er wendete sich erdenmüde ab,*
> *verwaist, enttäuscht von diesen halben Lichtern,*
> *hin zu dem einen Licht, das keine Wolke je verhüllt,*
> *zu dem Stern jenseits aller Nebelschwaden.*

Als Dilip Kumar Roy mich bat, ein Vorwort zu seinem Stück zu schreiben, war mein erster Gedanke, die ruhmrei-

---

[7] *Rasa Lila*: der Reigentanz des jugendlichen Krishna als Hirten mit den ihn liebenden *Gopis* (Hirtenmädchen; symbolisch für die gottliebende Seele) in Brindaban am Ufer der Jamuna. Die auf dem *Bhagavata-Purana* beruhende Darstellung wurde zu einem Hauptthema der indischen Kunst und Dichtung.

che Geschichte des klassischen indischen Dramas und Liedes nachzuzeichnen, wie sie sich seit den Tagen Kalidasas und Jayadevas entwickelt haben. Doch dann fand ich es passender, die Geschichte der *Bettlerprinzessin* wiederzugeben und das Augenmerk darauf zu lenken, wie ein wahrer Künstler ihr Leben des Gesangs und der Hingabe darstellt. In Wort und Klang wird uns ihr Leben als eine Verkörperung der *Bhakti* vorgeführt, auf die ich schon eingegangen bin. Es ist unnötig, hinzuzufügen, dass Dilip Kumar Roy mit seinem unfehlbaren Gespür für das rechte Wort und seinen vielseitigen Kenntnissen etwas geschaffen hat, das ein wahrhaft künstlerisches und zugleich visionäres Werk ist.

C. P. Ramaswami Aiyar

Einführung von 1955

Wenn Religion, wie auch der scharfsichtige Historiker Toynbee zugibt, „letzten Endes das eigentliche Geschäft der Menschheit ist", dann sollte man die Abenteuer in den inneren Sphären wohl kaum mit höflichem Desinteresse oder schroffer Ablehnung behandeln. Nach langen Wanderungen im „Tal des trügerischen Scheins" und den Spitzfindigkeiten einer verarmten Sicht der Realität wenden sich viele Augen nun wieder dem Wirklichen zu. Der Versuch steht noch ganz an seinem Anfang. Eins seiner Symptome ist die Neubelebung des poetischen Schauspiels. Werte müssen dramatisch dargestellt werden, wenn sie wirken sollen. Dilip Kumars jüngstes Stück, *Die Bettlerprinzessin*, lässt durch den inspirierenden Inhalt wie durch seine künstlerische Ausführung neue Hoffnungen aufkommen. Es ist die Summe eines Lebenswerks und wird gewiss nicht weniger Bewunderung als Kritik hervorrufen. Vielleicht kann man daran die Kraft seiner Wirkung messen.

Die Welt kennt viele glühende, alle Qualen missachtende Gottsucher. Die *Via Dolorosa* ist von vielen Pilgerseelen beschritten worden. Aber in ihrer reinen Liebenswürdigkeit und vollkommenen Hingabe hat Mirabai kaum ihresgleichen. Ihr Name wird in Legenden wie in der Religionsgeschichte heiliggehalten – der Geschichte, die von der eigentlichen Menschwerdung berichtet, dem unstillbaren Durst des Menschen nach Gott. Es ist eine innere Welt von Erfahrungen, die dem nach außen gerichteten Durchschnittsmenschen verborgen bleiben. Aber eine ungebrochene Volksüberlieferung hat die Erinnerung an diese Braut Krishnas und ihre Passion lebendig gehalten. Schon durch ihre Lieder (*Bhajans*) ist Mira unsterblich geworden.

Sie ist nicht nur eine Klassikerin der Literatur, sondern auch der Spiritualität, und ihre Lebensgeschichte ist auch für unser Zeitalter interessant und lehrreich. Gott und Liebe zu verleugnen, das innere Gesetz des Opfers zu verwerfen ist ein kostspieliger, vielleicht tödlicher Fehler. Mira, ihr Leben und ihre Lieder sind ein Gegenmittel gegen das weitverbreitete Gift. Die ergreifende Gestalt einer berühmten Königin, die alles gab, um ihren Gott zu finden, die gezwungen wurde, Gift zu trinken und doch überlebte, eine scheue Dichterin, die schon zu Lebzeiten als Heilige galt, eine umherziehende Minnesängerin, die keine Schüler zurückließ und doch heute noch über Millionen Herzen herrscht, deren Lieder reiner Ausdruck des höchsten Geheimnisses von Krishnas Lehre sind – wie könnte der Verstand diese Rätsel ausloten?

Unser Dramenautor behauptet nicht, sie für sich selbst oder andere gelöst zu haben. Er weiß nur, dass Mira ihn seit seiner Kindheit fasziniert hat wie kein anderer der Gottliebenden. Und weil er aus dieser „himmlischen Kost" unermessliche Hilfe empfangen hat, ist es natürlich, dass er seinen Gewinn und seine Dankbarkeit mit anderen teilen möchte. Er schrieb ein Theaterstück, aber ein besonderes.

Wie andere spirituelle Persönlichkeiten der Vergangenheit – einer Vergangenheit, die sich jedoch, wie Dilip Kumar versichert, in der Gegenwart immer wieder erneuern kann – lässt sich Mira nicht mit den Kategorien pedantischer Analyse erfassen. In Liebe ist sie aufgeblüht. Nur in Liebe können wir ihren Duft erspüren.

Letzten Endes ist das Spiel die Sache selbst. Die wechselnden Bilder sind zutiefst menschlich. Bewundernswert ist die Leichtigkeit, mit der Leidenschaft und Freude am Spiel, Streitgespräch und fromme Hingabe, Mittelalter und

Moderne auf die Bühne gebracht werden. Dies war ein riskantes Unternehmen. Für sich selbst mögen Dichter vielleicht unter ständiger Inspiration stehen, doch durch den Akt des Schreibens müssen sie ihre vorausgegangene Erfahrung für uns neu erschaffen. Es reicht nicht aus, fromm und hingegeben zu sein. Man muss auch Künstler sein. Zum Glück ist unser Autor beides. Er sieht nicht nur, er kann auch Andere sehend machen, er empfindet nicht nur selbst, er kann auch Anderen Empfindungen vermitteln. In weniger fähigen Händen wäre ein solcher Versuch vielleicht gescheitert. Denn bei Bemühungen wie dieser geht es den Autoren oft nicht um Glaubwürdigkeit. Der Phantasie wird zu viel zugemutet, und dann stürzt man leicht vom Erhabenen ins Lächerliche. Noch größer werden die Schwierigkeiten, wenn unterschiedliche Ebenen nicht nur parallel vorhanden sind, sondern wie hier einander durchdringen. Und doppelt schwierig wird es, wenn das Publikum sehr gemischt ist und, wie hier, die (englische) Sprache noch kaum für solche Zwecke benutzt worden ist. Unter diesem Gesichtspunkt verdienen die in das Stück eingestreuten Lieder mehr als nur beiläufige Erwähnung. Berücksichtigt man alle Schwierigkeiten, ist das Stück künstlerisch wie im Hinblick auf den religiösen Gehalt großartig. Es ist natürlich nicht bloß ein historisches Schauspiel, kein idyllischer Traum eines verlorenen Brindaban. Und wenn wir auch nicht nach einer Moral suchen müssen, liegt ein wichtiger Teil seiner Bedeutung darin, dass das Spiel weitergeht. Es endet nämlich nicht, wenn der Vorhang fällt. Es wirkt weiter, und wir deuten, was uns vorgeführt worden ist, immer wieder neu. Dieses Nachleben der ursprünglichen Erfahrung kann weitreichende Folgen haben – nicht nur für den Einzelnen oder einige Wenige, sondern für alle, die bereit sind, dem Ruf zu folgen. Vielleicht stehen wir an der Schwelle eines geistigen Neubeginns.

Die Bettlerprinzessin spielt auf zwei Bühnen, einer inneren und einer äußeren. Der jeweilige Augenblick ist der Schnittpunkt zwischen dem, was war, und dem, was vielleicht wieder sein wird. Es ist deshalb ein Spiel in doppeltem Sinn. Dies zu zeigen ist vielleicht Dilip Kumars eigentliche Leistung. Und für uns bedeutet diese simultane Sicht beider Ebenen wirkliches Verstehen.

Shantiniketan
Sisir Kumar Ghose, D. Litt.

Postskriptum des Verfassers

Ich habe besonderen Grund, meinen lieben und kenntnisreichen Freunden Sir C. P. Ramaswamy Aiyar und Dr. Sisir Kumar Ghose für ihre Einfühlung und Klarsicht zu danken, die sie spüren ließ, was ich meinte, aber doch nicht selbst aussprechen wollte. Selten findet ein Autor einen Freund, der sich seine Sicht ganz zu eigen machen und auf diese Weise wie ein Schild zwischen ihn und die Pfeile der Kritiker treten kann. Sir C. P. und Dr. Sisir Kumar ist das gelungen, und dafür danke ich ihnen, selbstverständlich auch für ihre vielen hilfreichen Anregungen.

Ihren Ausführungen habe ich wenig hinzuzufügen. Nur eine Tatsache möchte ich ganz deutlich machen, um eventuellen Missverständnissen vorzubeugen, nämlich dass ich von den überlieferten historischen Fakten über Mirabai nicht wesentlich abgewichen bin. Es ging mir jedoch nicht in erster Linie um Historizität, sondern um ihr inneres Leben und ihre Konflikte.

Schließlich bekenne ich eine tiefe Dankesschuld gegenüber Dr. James Cousins, dem bekannten Dichter und Mystiker, der wertvolle Vorschläge für meinen Prolog machte. Ich danke ihm herzlich für seine Anerkennung meines Stücks. „Ich beneide Sie", schrieb er, „um den frischen Enthusiasmus, der jede neue Entdeckung begleitet. Er ist ein wichtiges Element jeder kreativen Äußerung. In den Künsten sind Abend und Morgen immer wie der erste Tag. Doch gibt es besondere Zeiten des Entdeckens und der Entdeckerfreude ... Die Würde Ihres Stückes und sein Reichtum an Gehalt sind bewundernswert ... Ihre *Anrufung Miras* ist in der englischsprachigen Literatur einzigartig. Ich meine jedoch, dass sie zum Nutzen einer kleinen, aber stetig wachsenden Gruppe von Menschen, die für die ‚Offenbarung' bereit sind, eine Erläuterung in einfacher Prosa geben sollten."

Sir C. P. und Dr. Sisir Kumar Ghose haben diesen Dienst geleistet, wie – so hoffe ich – jeder zugeben wird, der ihre aufschlussreichen Kommentare gelesen hat.

Dunlavin Cottage   Dilip Kumar Roy
Ganesh Khand Road
Poona
Durga Puja, 1955

Anrufung

Unwandelbare Harmonie,
wie stimme ich die Saiten meiner Seele
auf dein geheimnisvolles Flammenlied,
das machtvoll tönend unsere Furchtsamkeit erschreckt?
Ich wurde in der Wiege schon genährt
mit Deinen herzerhebenden Legenden.
Begierig hörte ich von deiner Liebe,
durch die das Formlose gezwungen war,
sich in die Hülle einer Form zu geben,
mit dir als Mensch und Kamerad zu spielen!
Des Himmels Blau gewebt in irdische Hüllen:
unglaublich, aber dennoch nicht bestreitbar,
wie Sonnengold die Bastion der Nacht bezwingt!
Was niemand hoffen konnte, das geschah:
Der Gott der Götter, Krishna, stieg herab
in diese düstere Welt, und eine hohe Königin
entsagte allem, was uns wichtig scheint,
um eines bloßen Märchenwesens willen –
das nichts schien als ein glitzernd bunter Traum!
Und dieses luftige Nichts stieg nieder als dein Freund,
umwarb dich, löste dich von dieser Welt,
und hob dich in das Lichtreich jenseits unserer Trübnis.
Dein Lebensweg auf unserem rohen Stern
der flüchtigen Lust und rasch vergangenen Spuren,
dein Suchen, stolz verhöhnt von der Vernunft,
wird höchste Offenbarung – wird ein Hymnus,
gesungen innig von der Liebe Ätherstimme.
O sei gepriesen, stetig helle Flamme
im Wirbel des Vergänglichen, Signal des Himmels.
Du kamst, um uns auf Erden Licht zu bringen
als ein Fanal – als Forderung an das Schicksal.

Du wagtest alles für dein göttliches Projekt
und brachtest Schätze ein, die uns die Engel neiden.
Du wagtest, zarte Pilgerin, den Gipfel zu erklimmen,
den nur der stärkste Bergsteiger bezwingt!
Du neigtest, Rose aus Feuer, dich herab
zu einem Erdenkloß, nahmst seine Hand,
lenktest sein Streben voller Mitgefühl
und sprachst zu ihm in seiner Menschensprache:
„Ich, Mira, bringe keine neuen Lehren
und liebe nicht, was in des Zufalls Flut verweht:
die Schaumgeburten des Vergänglichen,
bunt schillernd an der Zeiten trügerischem Strand,
zerplatzte Blasen nur als Erbe hinterlassend.
Ich stehe nicht mehr auf der Lebensbühne,
wo Rampenlichter schlagartig erlöschen
und Schauspieler im Dunkeln tappen lassen,
wo grelles Licht nur tiefe Trübsal nach sich zieht.
Ich bin berauscht von destilliertem Sternenschein;
das wunderbare reine Feuer leuchtet mir den Weg.
In dieser ewigen Nektarquelle bade ich,
die der Weltlenker selber speist. Der Eine,
ohne den der Farbglanz dieser Welt verblasst
zu nebelgrau, und dessen sonnenhaftes Lächeln
das Leben in ein Freudenfest verwandelt:
Er ist mein Ziel im Wachen und im Schlaf mein Traum.
Der ewig Junge ist mein einziger Geliebter,
mein Nordstern jenseits aller Nebelwolken.
Die Weltklugheit gleicht einer flügellahmen Motte,
Millionen Wellenkämme ziehn vorbei
und brechen an des Schicksals Stränden.
Ich bleibe Bürgerin der unerforschten Tiefen,
genau wie du, mein anvertrauter Schützling,
darum nenne ich dein Herz dem meinen gleich,

denn auch du sehnst dich nach dem Einen,
nach dem mein Streben ging in vielen Erdenleben.
Von Ihm soll frohe Botschaft ich verkünden.
Von Ihm beauftragt, trage ich dir auf:
Leb nur für Ihn, sprich nur von Seiner Gnade.
Versenke dich in Seinen namenlosen Glanz.
Nähre die Blumen Seiner grenzenlosen Großmut
im Garten deines Herzens. Singe Tag und Nacht
mit allem Feuer deiner Dichterkraft
von Ihm, dem unsichtbaren Liebsten,
dem rätselhaften Musikanten,
der jedes liebevolle Herz verzaubert und verwandelt
in ein erblühtes Brindaban aus Seligkeit,
ein Freudenfest. Sich einzureihen in den Reigentanz
ruft Seine Flöte jede Seele auf.
Beeile dich, dem Flötenruf zu folgen,
der, einmal nur gehört, nie mehr vergessen wird.
Erobere dein Geburtsrecht dir zurück
und werde Bürger jenes Königreichs,
in dem die Gnade die Gesetze gibt,
wo Weisheit Herrscher ist und Schönheit Bannerträger.
Die Gier der heutigen Zeit nach diesem grauen Leben,
nach jedem schönen Schein, dem so bald Trübsal folgt,
das ungreifbare Irrlicht eitler Kunst,
verwirrte Wissenschaft, vergeblich forschend
in isolierten Tröpfchen halben Wissens,
die doch das Unfassbare nie erklären kann
und zaghaft späht in unerforschte Weiten,
die geistlos-abgeschmackte Politik,
die viel mehr raubt, als sie je geben kann –
du bist für dieses alles nicht geschaffen!
Du bist nicht der, der du zu sein vermeinst:
ein Diener der blind tastenden Vernunft.

So wandtest du dich erdenmüde ab,
verwaist, enttäuscht von diesen halben Lichtern,
hin zu dem einen wahren Licht,
das keine Wolke je verhüllen kann,
zur Sonne jenseits aller Nebelschwaden:
zu Krishnas Strahlenglanz.
Der vielgerühmten Erdenmusik warst du satt,
sobald du Seiner Zauberflöte lauschtest,
mit der verglichen selbst die schönste Harmonie
der Welt doch nur ein armer Missklang ist.
Ich werde dir die Ohren weiter öffnen
für Seine herzerhebende Musik.
Je deutlicher du ihren Ruf vernimmst,
je weniger wirst du dich klammern
an deine Lieblingsankerplätze.
Je weniger du Erspartes hortest, desto reicher wirst du,
und endlich, auf der Suche nach der Flöte,
wirst du auf den versteckten Flötenspieler treffen,
der sanft unwiderstehlich lockt mit Seiner Melodie
im ewigen Zyklus kosmischer Äonen.

Doch sei gewarnt: Die heutigen Seher werden lachen.
Sie werden dir entgegenhalten:
,Wie kann ein primitiver Mann vom Lande
Schritt halten mit der neuen Zeit?
Wie kann ein armer Lotosesser uns,
mit unseren verfeinerten Gelüsten, führen?
Wie kann Er uns verlocken zu entsagen
abwechslungsreicher, starker Geistesnahrung?
Als pittoreskes Fabelwesen hat Er
zu Seiner Zeit wohl einen Zweck erfüllt,
doch ist Er nun längst völlig überholt:
Der Schöpfer wächst mit Seinen Kreaturen.
Wenn Seine Zauberglöckchen einst Entzücken brachten,

so sind sie heute nur noch kindliches Geklingel
Und dienen bestenfalls als amüsantes Zwischenspiel.'

Der Herr belächelt der Schmähredner Hohn.
Er lässt sie ihren Illusionen folgen
in ihrem Tal des falschen Glitzerscheins,
und weiterhin Signale gebend,
berufend, singend, tanzend wartet Er
den rechten Zeitpunkt ruhig ab.
Er unterstützt selbst die Rebellen,
die Ihn in ihrer Blindheit leugnen.
Auch sie wird Er zurückgeleiten
in Seinen ewigen, immergrünen Garten
aus Schönheit und Glückseligkeit,
dem makellosen Fundament
und höchsten Gipfel allen Seins.
Er lenkt, selbst unerkannt, auch seine Spötter,
die wähnen, ihres Eigenwillens Wagen
aus eigner Kraft zum heimatlichen Ziel zu steuern.
Er führt sie alle – Narren und Verlorene,
Heilige, Seher, Weise, Avatars.
Er führt sie alle in den Himmel Seines Lichts
und Seiner Liebe, Gnade, allbefreienden Weisheit.
Wenn es der Allerhalter nicht so will,
fällt nicht einmal ein welkes Blatt vom Baum.
Ich konnte dich begeistern, inspirieren,
weil Er es wünschte, Helligkeit zu bringen
in deine wirre Suche nach dem hohen Ziel,
nach Seiner Ordnung, nach dem rechten Hafen,
den endlich jeder Seefahrer erreicht.
Ich wollte dich befreien, du mein Pilger-Sohn,
aus Donnerstürmen dich zu heiterer Stille leiten
und aus dem Labyrinth der Worte, Worte
in die Erfahrung unverfälschter Liebe,

der Zuflucht jedes fühlenden Geschöpfs.
Einst halfen dir die Worte, aber heute,
da dir die schicksalhafte Stunde schlägt,
musst du den trauten Unterschlupf verlassen
und mutig jene fernen Höhen erklimmen,
an die auch makellose Worte niemals reichen.
Steil ist der Pfad zu diesem hohen Gipfel,
von dem man Ihn in Seiner Herrlichkeit erschaut,
Ihn, der uns alle ruft und der uns peinigt,
wenn Er sich wieder hinter Schleiern birgt
und uns doch unablässig zu Sich winkt.
Ob du es willst, ob du dich auch verweigerst,
Er hält dich fest, der göttliche Verführer.
Von nun an widerstrebe Ihm nicht mehr:
Du lebst in Seinem all-erlösenden Willen,
gleich, ob du spielst in der Vergänglichkeit
oder in Seiner zeitenlosen Stille schwebst,
du findest Ihn als goldene Verzückung."

O Bettlerkönigin!
Mein Herz vertraut sich deiner Führung an.
Wer einmal deine immer junge Stimme hörte,
kann anders nicht. Wer einmal sie vernahm,
löst sich nicht mehr aus deinem Mitgefühl.
Wer einmal konnte angesprochen werden,
muss auch besiegeln, was das Herz beschloss.
Was du gesagt, was du gesungen hast,
dein Leben selbst mit seinen schweren Prüfungen,
dein Streben auf das Ziel in weltvergessener Liebe
begeistern mich, und deinem unlösbaren Griff,
dem meine Seele sich ergeben hat,
will ich mich länger nicht entziehen.
Nun führe mich, wohin du magst,

entwöhne mich der ganzen Welt
und mache mich zu Seinem Eigentum,
zu Seinem demutsvollen Diener.
Erhöre mein Gebet:
Lass deine Morgenmelodie der Freude
erschallen bis in meine dunkle Gruft.
Du Makellose! Aus des Todes Abgrund
erhebe mich in Seiner Sonne Reich.

Gewidmet

Maud Oakes und David Weston Hunter,

deren Herzen, im Einklang mit unseren,
begrüßten, was nur wenige verstehen:
dass das Meer in jedem Tropfen lebt
und Sturmwolken das Blau des Himmels
nur umso reiner leuchten lassen.

Dilip
Indira

Personen

Rao Raja Ratan Singh	König von Kurkhi in Marwar
Chandra Devi	seine Gemahlin, die Königin
Mirabai	ihre Tochter
Sanatan Goswami	ihr Guru, später Miras Guru
Bhojraj	Kronprinz von Mewar, später König von Mewar und Gemahl Miras
Udaybai	seine Schwester
Vikram Singh	sein Halbbruder, nach Bhojrajs Tod König von Mewar
Madan	Oberpriester in Miras Tempel
Akbar	Mogul-Kaiser von Indien
Tansen	sein berühmter Hofsänger, ursprünglich ein Hindu
Prithivi	
Kamal	
Nandini	
Nalini	Miras Vettern und Kusinen
Prabha	
Roma	
Ratna	

Frauen auf der Straße, zwei Diebe, Diener u.s.w.

Zeit der Handlung	16. Jahrhundert
Miras Lebenszeit	1532 – 1577

Prolog

SWAMI SWAYAMANANDAS Ashram in Kaschmir in dem Städtchen Dumel. Es ist eine Vollmondnacht. Auf der Bühne sieht man den Krishna geweihten Ashramtempel. TAPATI – eine schöne *Sadhika* von zwanzig Jahren – meditiert im Lotossitz. ASIT, ein etwa fünfundvierzigjähriger *Sadhaka* singt ein mystisches Lied, die Augen fest auf den Mond gerichtet.

> *Schau, wie die Mondnacht mein Herz erhebt,*
> *wie das Mondschiff durchs Himmelsmeer gleitet.*
> *Schau, wie es schwebt, durch das endlose All –*
> *zu welchem Ufer ist es bestimmt?*
> *Zu jenem, das niemals ein Pilger fand!*
> *Und wer hält das Steuer?*
> *Ich frage: Wer ist der Steuermann dort?*

> *Mitfühlender Bootsmann, komm bitte herab*
> *in unser friedloses Reich, komm und bleib.*
> *Ohne dein Licht weinen wir nachts.*
> *Antworte unserem angstvollen Ruf –*
> *Wir rufen: Gib uns die selige Antwort.*

> *Weit vom Ufer entfernte ich mich,*
> *das mich an Irdisches band.*
> *Begierde fesselt mich nicht mehr.*
> *Vom flammenden Klang deiner Flöte geführt*
> *verließ ich das dunkle Reich.*
> *Voll Sehnsucht nach deinem Hafen ruf ich:*
> *Vom Lärm dieser Welt befreie mich,*
> *umhüll mich mit deiner Musik.*

> *So, wie du die Trübsal der Welt bezwingst,*
> *hebe unsere Dämmerung auf.*

Durchglüh uns mit deinem Morgenrot,
lass niederregnen dein Sternenlicht –
deinen gleißenden Nektar in unsere Nacht.
Oh Liebe! Der irrenden Erde komm nah!

Während des Liedes fällt TAPATI in *Samadhi* (Trance) und
hat eine seltsame Vision. Eine schöne Frau in Rajput–Tracht
steht regungslos wie eine Statue und schaut sie aufmerksam an. TAPATI erkennt sie sofort, denn sie hat sie schon
vorher in ihren Träumen gesehen. TAPATI schaut die Gestalt fasziniert an und hat das bestimmte Gefühl, dass sie
ihr Leben Gott geweiht hat. Die FRAU lächelt sie liebevoll
an, kommt dann ein paar Schritte näher und legt ihr die
rechte Handfläche zum Zeichen des Segens auf den Kopf.

TAPATI
(bebend vor Gemütsbewegung)

Ich fühle eine Freude, einen rätselhaften Schauer,
und namenlose Seligkeit durchströmt mein Herz,
sie fließt durch alle meine Adern ... ein Frieden,
fremd alledem, was wir hier Frieden nennen.
Ein Beben jagt durch meinen ganzen Leib.
Du Gütige, komm, sag mir, wer du bist!
Mir ist, als hätte ich durch viele Leben
in dir gelebt und mich in dir bewegt.
Doch das ist jenseits alles Vorstellbaren.
Kann denn ein kleines Wassertröpfchen
Verwandtschaft mit dem Meer behaupten?
Du kommst in menschlicher Gestalt. Und doch
empfinde ich, dass jeder kleinste Teil von dir
durchtränkt von einer Schönheit ist,
die nicht aus dieser unsrer Welt
der Formen, Farben, Gegensätze stammt,
die von weit jenseits unsrer Sphäre

des Leidens und der Tränen kommt,
weit wie der volle Mond von den umwölkten Bergen.
Dein Lächeln ist umstrahlt von einer Glorie,
wie sie kein Menschenauge je erblickt.
Die helle Stirn glänzt wie das weiße Feuer,
das Silberfunken rings versprüht –
ätherisch und doch fest, wie deine äußere Hülle,
die gleichermaßen lichtdurchstrahlt
die innere Flamme nicht verbergen kann.
Wunderbar lautlos leicht scheint mir dein Schreiten.
Wie ein Schwert zähen, trägen Stoff durchdringt,
so fährt mir deine magische Berührung durch den Leib.
Sag mir, wie konnte diese flüchtige Seligkeit
in einem kurzen Augenblick
zum wunderbaren Erbteil meines Wesens werden,
unfassbar und doch herzerschütternd!
Ein Perlenthron als Gabe für ein armes Weib!
Eine Brillantenkrone für ein kleines Kind!
Oh sag mir, wer du bist, und wer bin ich,
die über diese strahlende Erscheinung staunt?
Bist du ein Wahngebilde meiner Phantasie?
Bist du Substanz, aus der die Sterne sind?
Ein echtes Lebewesen oder nur ein Mythos?
Ich weiß es nicht, weiß nur: Ich bin –
wenn auch mein Name und die Form,
in die ich hier geprägt, mir rasch entgleiten.
Doch nein! Mein Herz erhebt nun Einspruch: Zweifle nicht!
Ist denn nicht jeder Tropfen meines Lebensbluts
voll Seligkeit in deiner Gegenwart,
die mir millionenmal realer scheint
als alles, was wir auf der Erde sicher nennen.
Realer als das Pochen angsterfüllten Herzens,
realer, als ein Glücksrausch durch die Adern rinnt.

Doch leider ist uns Sterblichen Beständigkeit verwehrt!
Aufs Neue zweifle ich an deiner Wirklichkeit
und frage mich: Bist du vielleicht
ein aufgestiegenes Gebilde aus dem Reich des Traums?
Ein Trugbild, eine Blase, die zerplatzt,
real nur eine Stunde lang in unsrer irrealen Welt?
Bist du als Treibgut hergespült von Zufallsfluten?
Hab ich in dieser rätselhaften Nacht
mich in der Phantasiewelt ganz verloren?

SIE

(lächelnd)

Die Welt, aus der ich komme, ist kein Trugbild,
auch bin ich selbst kein bloßer Traum,
kein Hirngespinst der Phantasie.
Und doch entsprang ich einem seltsamen Impuls
des sonderbaren Stürmewirkers,
der Schaumgebilde ohne Zahl
erschafft, zusammenwirft und schmelzen lässt –
in ihrer Wut so sinnlos wie im Untergang.
Was euer überheblicher Verstand
in eurer groben Welt der Sinne
für unantastbar wirklich nimmt,
das ist für uns ein Schimmer nur, ein Schatten.
Und was in eurer Welt als Phantasie verachtet wird,
das ist in unserer das Fundament,
auf dem vom Sockel bis zum Gipfel alles ruht.
Es ist Bewusstsein – Ursprung alles dessen,
was war, was ist, was jemals werden wird.
Was euch ungreifbar scheint, so leer und karg,
das ist für uns genauso stark und dauerhaft
wie das im Erdreich unsichtbare Wurzelwerk,
das doch den ganzen Baum mit seinen Blüten nährt.

Doch heute Nacht kam ich zu dir, mein Kind,
um dir zu offenbaren,
was du zu sehen reif geworden bist.
Darin magst du geborgen sein wie einst,
als deine Seele war gehüllt in reines Licht.
Quäl dich nicht selbst mit unfruchtbaren Fragen.
Nimm in dich auf, was ich dir geben will.
Ich zeige dir drei Bilder aus vergangenen Leben,
doch ohne jenes Bindeglied,
durch das ihr Sinn sich erst erklärt.
Ich bin gekommen mit dem Auftrag,
in deinem sehnenden Gemüt
den Funken klarer Sicht zu wecken,
noch klarer, als wir Sonne, Mond und Sterne sehen.

TAPATI steht auf ihr Geheiß auf, SIE schließt sie in ihre Arme
und schaut ihr dann liebevoll in die Augen.

SIE

Komm, schau mich an und bleibe eine Weile.
Setz dich bequem, sei ganz beruhigt. Nimm an,
was immer kommt, was ich dir zeigen will,
wenn du dazu bereit bist, dich
von deiner sogenannten Gegenwart zu trennen.
Ich rufe die Vergangenheit hervor,
die doch nur scheinbar ganz vergangen ist
und unzerstörbar weiter existiert
in den zeitlosen Grüften der Erinnerung
des Einen unvergänglich Lebenden.

TAPATI blickt ihr eine Zeitlang verzaubert in die Augen ...
Dann verändert sich die Szene, und TAPATI sieht an der
Stelle, wo SIE stand, eine seltsame ALTE FRAU ... Ein ekstati-
scher Schauer durchläuft sie, als der Boden unter der ALTEN

FRAU die Form eines schneebedeckten Gipfels annimmt. Die ALTE FRAU sitzt nun entrückt auf einem Felsen. Schnee fällt dicht auf ihr weißes Haar. Weiß verschmilzt mit Weiß, aber die ALTE FRAU bleibt unbewegt sitzen, versunken und verzückt. Ein seliges Lächeln spielt um ihre Lippen ... Man erkennt einen bläulichen Lichtschein um ihren Kopf.

TAPATI
(fasziniert)

Ist sie wohl eine Göttin? –
Ein so gelassenes und heiliges Gesicht,
ganz wie der volle Mond auf einem Bergkamm ruht,
so nah und doch so weit entfernt –
wie eine Blume zart, und doch so fest wie Marmor!

TAPATI
(hört eine Stimme):

Hier siehst du Anasuya,
Shakti[8] und Frau des großen Weisen Atri[9],
der Hymnen auf das mystische Feuer sang.
Die Göttin kam in menschlicher Gestalt zur Erde,
als Inbegriff der Treue und der Reinheit.
Sie strahlte wie ein Stern in goldener Zeit,
doch lebt ihr Glanz in der Erinnerung
des von Begierde freien Herzens fort,
als Sehnsucht nach der Allgewalt,

---

[8] *Shakti*: Energie, göttliche schöpferische Kraft. Auch die als Gefährtin einer männlichen Gottheit personifizierte göttliche Energie wird *Shakti* genannt; analog dazu die Gemahlin eines heiligen Mannes.

[9] *Atri*: Einer der sieben *Rishis* (Dichter-Seher) des *Rig-Veda*, der ältesten Dichtung Indiens. Atri zugeschrieben sind die berühmten Hymnen an Agni, den Gott des Feuers.

die Sinneslust zu Liebe läutert.
Wie sie einst triumphierte, will ich jetzt erzählen.
Ein mächtiger Disput entbrannte einst im Himmel:
Wer ist die tugendsamste Frau im All?
Narad [10], der Sänger Gottes und Prophet des Paradieses,
gab seinen Urteilsspruch den Göttinnen:
„Von Euch hat keine Anspruch auf die Ehre.
Die Reinste aller Reinen, Mutter Anasuya,
Gemahlin Atris, weilt im Himmel nicht,
sie wandelt auf der leidgeprüften Erde."
So suchte die dreifaltige Gottheit
aus Brahma, Vishnu und Mahesh [11],
in der Gestalt von drei Brahmanen
unseren Planeten auf,
um Anasuyas Reinheit streng zu prüfen.
Der Seher, ihr Gemahl, war für ein ganzes Jahr
auf Pilgerfahrt gegangen. Drei Fremde
kamen nun un ihre Tür, Gastfreundschaft zu erbitten,
doch dies nur unter einer schändlichen Bedingung:
Ganz unbekleidet müsse sie die Mahlzeit bringen.
Die Pflicht zur Gastfreundschaft stand nun
im Gegensatz zu ihrem heiligen Eid der Keuschheit.
Verängstigt flehte sie zu Atri, ihrem fernen Herrn:
„Wenn ich dich als mein Alles liebte,
wenn ich dir diente als dem höchsten Gott,
Wenn ich dich nie um eine andre Gnade bat,

---

[10] *Narad*: in der indischen Tradition ein Bote und Vermittler zwischen der Welt der Götter und der Menschen.

[11] *Brahma, Vishnu und Mahesh*: Die Hindu-Trinität (*Trimurti*), bestehend aus Brahma, der den Kosmos erschafft, Vishnu, der ihn erhält, und Shiva (Mahesh), der ihn am Ende eines jeden Schöpfungszyklus wieder auflöst.

als dir allein zu dienen, selbstlos hingegeben,
und alles, was ich bin und habe
zu deinen Füßen darzureichen –
verwandle diese Wüstlinge in kleine Kinder!"

TAPATI erschauert vor Freude ... Die Stimme fährt fort:

Das Trio war im eigenen Netz gefangen.
Sie konnten Anasuyas klarer Lauterkeit,
die ihr perfekt als Schutz und Rüstung diente,
nichts Anderes mehr entgegensetzen.
So wurden die drei starken Männer
im Augenblick zu kleinen Kindern,
die Anasuya dann, entkleidet,
an ihre Brüste nahm und stillte.

TAPATI

Oh Mutter, können solche Wunder denn geschehen?

SIE

Du lotest mit dem armen Senkblei des Verstandes
die tiefe, rätselhafte Wahrheit niemals aus.
Öffne dein Herz,
denn so nur kannst du Krishnas Licht erlangen
und Sein erhabenes Wesen wirklich kennenlernen.
Und wenn du dann Erfahrungen der Seele
noch immer werten und taxieren willst,
so bitte um Erleuchtung aus dem Inneren:
Das Licht des Glaubens und die Richtschnur
innerlicher Führung. Verneige dich nun vor der Göttin
und steh mit ihrem Segen auf.

TAPATI verbeugt sich und berührt die Füße ANASUYAS, die
ihr zulächelt und sie segnet. Dann faltet TAPATI die Hände
und schaut ANASUYA an, deren von innen heraus leuchten-

de Gestalt sich nun auflöst. An ihrer Stelle erscheint ein schönes junges Mädchen, das weltvergessen singt:

Wie kann ich sagen, was ich bin –
weiß man es je, oh Herr?
Ich weiß nur eins: Du bist das Licht,
ich brenne als dein Docht.

Du bist der Lotos, ich bin dein Blatt,
du bist ein Zauberglanz,
in deiner Gnade nimmst du mich auf,
dein Leuchten färbt mich ein.

Und dennoch frage ich: Wer bin ich,
ich, Radha, mit der du so spielst?
Doch wie kann ich sagen, was ich bin –
weiß man es je, oh Herr?

Du bist der Regenbogenglanz,
dein flüchtiger Schatten bin ich
Du bist mein Atem, und dieser Leib,
gehört nur dir allein.

Dein Tanz ist wie das Meer so weit,
ich zerrinne als Tropfen in dir.
Ich, Radha, weiß nicht wer ich bin –
weiß man es je, oh Herr?

Du bist der Mond, ich dunkle Nacht,
dir diene ich als meinem Herrn.
Dein bleibe ich für alle Zeit,
in Leben, Leiden, Tod.

Was ist mein Los, geheimnisvoller Gast,
der kommt, um wieder zu gehen?
Ich, Radha, frage, was ich bin –
weiß man es je, oh Herr?

Während des Liedes tritt aus Radhas Körper eine ganze Schar schöner junger Mädchen heraus, die in ihr Lied einstimmen. Plötzlich erscheint Krishna und spielt auf Seiner Zauberflöte ... Kurz darauf tritt Radha auf Ihn zu und sie tanzen zusammen den *Rasa*-Tanz, umringt von den im selben Rhythmus tanzenden Mädchen. Allmählich lösen sich die anderen auf, zurück bleiben nur Krishna und Radha, die wieder wie vorher für Krishna singt:

> *Was ist mein Los, geheimnisvoller Gast,*
> > *der kommt, um wieder zu gehen?*
> *Ich, Radha, frage, wer ich bin –*
> > *weiß man es je, oh Herr?*

TAPATI
(nachdenklich)

Ich kenne das Gesicht doch ... ist es nicht...

DIE STIMME

... Sri Radha,
der Inbegriff von Gottesliebe, Selbsthingabe.

TAPATI betrachtet verzückt die schöne Gestalt, bis auch sie sich wieder auflöst und an ihrer Stelle SIE, die Rajputfrau, wieder erscheint und singt:

> *Als Seine Priesterin kehr ich zurück,*
> > *Seine Taten erneut zu besingen.*
> *Lass mich in den Tempel des Herzens ein:*
> > *Ich komme, o Herr, dir zu dienen.*

> *Ich stahl dem Mond seine Kühle,*
> > *den Sternen den himmlischen Glanz,*
> *Das Lachen der Blumen, die Wellen des Sees,*
> > *dem Windhauch die Melodie.*

Ich flocht meine Hände zum Blumenkranz,
Seine Füße damit zu umwinden,
um mit Seiner Liebe stetigem Strom
das Licht meines Lebens zu zünden.

Oh, zeitlos ist meine Liebe zu Ihm,
der mein Leben und Sterben beherrscht.
Ich bin nur ein Tropfen, Er ist das Meer,
ich bin die Flöte in Seiner Hand

Um Ihm zu geben mein ganzes Sein,
bringe ich Körper und Seele Ihm dar.
Lausche Miras Liedern der Liebe zu Ihm,
dessen Gnade zu singen sie kam.

TAPATI
(freudig)

*So bist **Du** Mira?*

MIRA
(lächelt)

TAPATI

Oh sprich doch! Bist du es?

MIRA
(nickt)

TAPATI
(gespannt)

Erzähle mir von deinem Leben.
Ich hörte schon als kleines Kind,
dass du als Heilige geboren wurdest,
dass du als einzigartige Frau in unsrer dunklen Ära
alles verließest, was uns wertvoll ist,
und wagtest, dich zum Lichte allen Lichtes zu gesellen,

das Krishna heißt, und in Sich alles Göttliche
und den vollkommenen Menschen einmal nur vereint,
damit auf unsrer finsteren Erde,
die sich so träge nur entwickelt,
um Seines rätselhaften Schöpfungsspieles willen
die Kraft des Höherstrebens in Erscheinung tritt,
noch über unveränderliche Götterwelten weit hinaus.

MIRA

In meinem Leben kannte ich nur zweierlei:
die Liebe und Sri Krishna,
von Anbeginn das höchste Sein,
das alle Welt durchdringt.

TAPATI

Gibt es denn irgendetwas sonst, das sich zu kennen lohnt?

MIRA
(lächelnd)

Du bist jetzt reif dafür.
So lass mich meine alterslose
und niemals alternde Geschichte dir erzählen,
ein Weihespiel von unstillbarer Liebessehnsucht.
Mit einem kleinen Funken fing es an,
wuchs aus zu einem mystisch-sengenden Feuer,
das alles niederbrannte, was mir kostbar war,
bis nichts mehr blieb von Namen und Gestalt
der Frau, die man als Königin Mira kannte.
Alles verlor sie, wusste nicht warum;
unwiderstehlich angelockt von einer Macht,
die Menschenweisheit eine Illusion nennt,
von der Vernunft verlacht und doch gefürchtet.
Die Seele aber nimmt sie freudig an,
in ihrem großen, rätselhaften Hunger,

den nichts und niemand stillen kann als Er,
das vielgeschmähte Phantasiegebilde,
in dessen Strahlenglanz, wenn man Ihn einmal kennt,
die Lichter dieser Welt zu Schattenmustern werden.

1. Akt

Der Königspalast von Kurkhi in der Provinz Marwar, Rajputa-
na, einem kleinen, aber reichen Staat unter der Herrschaft von
RAJA RATAN SINGH. *Ein Herbstnachmittag. Vereinzelte Wolken*
schweben träge am Himmel. Ab und zu verschwindet die Sonne
hinter den Wolken, um wenig später in tieferem Rot wieder zu
erscheinen. Wenn der Vorhang aufgeht, sieht man den RAJA *im*
Schlossgarten auf einer Schaukel. Sie wird von vier Stangen
gehalten, an denen das Sitzbrett befestigt ist. Neben ihm sitzt die
junge, schöne Königin RANI CHANDRA DEVI. *Beide schauen*
interessiert einem kleinen Fest zu, das die Kinder der königlichen
Familie veranstalten, um den siebten Geburtstag ihrer einzigen
Tochter MIRA *zu feiern. Wasserspiele reflektieren das Sonnen-*
licht und brechen es in alle Farben. Eine Gruppe von Jungen und
Mädchen tanzt im Kreis mit MIRA, *die den Chor anführt. Sie*
singt zuerst jeden Vers allein; alle anderen wiederholen ihn
dann:

> *Wenn der Tag vergeht und der Schatten fällt,*
> *lass dies mein Gebet an dich sein:*
> *Mach mein Leben zu einem stetigen Licht,*
> *das leuchtet für dich allein.*
> *Oh mach meine Rede zum Dankeslied,*
> *mein liebendes Herz sei dein Thron:*
> *Meine Freude, mein Denken, mein Lieben, mein Sein –*
> *mach alles zu eigen dir, Herr!*

Wenn das Lied zu Ende ist, tritt ein livrierter Diener auf und
flüstert dem König ehrerbietig etwas zu, worauf dieser hastig
aufsteht und, gefolgt von der Königin, den Diener zum Garten-
tor begleitet. Das Tor öffnet sich, und SANATAN, *der das ocker-*
farbene Gewand eines Yogis trägt, tritt ein. Ehrfürchtig berüh-
ren sie seine Füße, als er sie segnet. Die drei gehen zurück zur

Schaukel. Der König bedeutet SANATAN *mit einer Geste, auf der Schaukel Platz zu nehmen. Dieser lehnt zuerst ab, fügt sich aber schließlich ihrem Drängen. Ein anderer Diener bringt einen kostbaren Teppich und breitet ihn vor der Schaukel aus. Das Königspaar nimmt darauf Platz und schaut den Neuankömmling freudig an, der sie ein bisschen verlegen anlächelt. Im nächsten Augenblick vergisst er sie aber völlig, denn seine Aufmerksamkeit wendet sich nun* MIRA *zu, die ihn im Eifer der von ihr gewählten Verantwortung als Anführerin gar nicht bemerkt. Nachdenklich betrachtet er ihr schönes, von der untergehenden Sonne rosig gefärbtes Gesicht und überlässt sich dem Zauber ihrer schönen Stimme. Die Kinder singen weiter, wie zuvor unter* MIRAS *Leitung.*

> *Ich will warten auf dich, wenn die Dämmerung fällt,*
> *o Herr, ich will warten auf dich.*
> *Ich weiß, dass du kommst, wenn die Flöte ruft,*
> *mein Herz zu umwerben kommst du.*
> *Ich will rufen zu dir, wenn der Tag anbricht,*
> *ich will rufen, Geliebter, zu dir.*
> *Komm in mein Herz, wenn das Licht erwacht,*
> *meine Träume werden dann wahr.*

Wenn das Lied verklungen ist, springt MIRA, *die* SANATAN *noch nicht bemerkt hat, plötzlich auf eine ringförmige Marmorplatte auf einer niedrigen Säule in der Mitte des Kreises von Wasserspeiern. Als sie der Gruppe gegenübertritt, die erwartungsvoll einige Schritte von den Fontänen entfernt steht, sieht sie vor dieser schönen Kulisse bezaubernd aus, entschlossen und selbstsicher.*

MIRA (*mit dem Finger drohend*): Nun hört zu, Kinder, und seid still! Ich bringe euch jetzt etwas Spannendes bei. He, Prabha! Du kicherst ja schon wieder! Du bist unmöglich!

PRABHA (*ein etwa siebenjähriges Mädchen, schmollend*): Und

du bist eine Tyrannin. Immer kommandierst du uns herum!

KAMAL (*ein achtjähriger Junge und treuer Gefolgsmann MI-RAS*): Ach sei doch still! Wie kannst du sie beschimpfen! Sie will uns etwas zeigen. Nein, Mira, mach einfach weiter. Wir mögen es, wenn du die Führung übernimmst.

PRABHA (*ärgerlich*): Ja, wirklich, ihr Schafe!

KAMAL (*wütend*): Und was für eine Löwin da mit uns schimpft – eine Löwin, die nur blöken kann, wenn sie brüllen will!

PRABHA (*zornig*): Was erlaubst du dir! Ich sage es Mutter.

KAMAL: Was stört mich das! (*vernichtend*) Will nicht geführt werden! Der geborene Leithammel, den jeder verabscheut!

MIRA (*tadelnd, aber doch erfreut*): Lass gut sein, Kamal. Treib es nicht zu weit.

KAMAL: Zu weit? Weißt du, was die und Ihresgleichen tun können, wenn du außer Hörweite bist? Sagte ich blöken? Das war noch geschmeichelt. Sie können nur kratzen und beißen und einander an den Haaren ziehen.

PRABHA (*vor Wut den Tränen nahe*): Du Lügner!

PRITHIVI (*ein achtjähriges Mädchen, das MIRA bewundert*): Nein, ist er nicht. Gestern war Mira nicht hier, und was haben wir gemacht? Nur gezankt, bis wir blau im Gesicht waren. Nein, Mira, kein Spaß, nur Gekreisch.

NANDINI (*ein siebenjähriges Mädchen, ängstlich*): Ach Prithivi, lass das doch! (*zu MIRA gewandt*) Mira, *du* musst jetzt hier Schluss damit machen. Sing uns noch ein anderes Lied vor, das du vom Priester gelernt hast. Was können wir anderes tun als kreischen, wenn *du* uns nichts Besseres beibringst? Bring diese Affenhorde zur Räson.

MIRA: (*mit Nachdruck*) Aber ich will niemanden zu etwas zwingen. Wenn Prabha keine Lust hat mitzumachen, kann sie gehen. Nur wer möchte, ist eingeladen.

KAMAL: Das ist gerecht. Also, Prabha, geh – verlass den Kreis und quengele allein.

PRABHA (*in Tränen ausbrechend*): Ihr Scheusale ... ich ... ich ... oh Mutter.

MIRA (*besänftigend*): Ach, weine doch nicht, Schwester! Prithivi, so darfst du nicht mit deiner eigenen Schwester sprechen. (*freudig*) Hör zu, Prabha, ich bringe euch jetzt etwas bei, das euch bestimmt gefällt. Ich habe es gestern Nacht im Traum gesehen.

KAMAL: Was du im Traum gesehen hast, oh ja!

NALINI (*ein neunjähriges Mädchen, klatscht in die Hände*): Oooh, das möchten wir gern...

MIRA: Sch–h–h! Hört zu: Im Traum sah ich Radha. Sie stand vor Krishna, der einen Fuß über den anderen geschlagen hatte, wie man es auf den Bildern sieht. Und dann – schaut her – Er hielt eine Flöte, genau so – wartet. (*sich nach links wendend*) Roma, Liebes, lauf schnell und hol mir die kleine Flöte mit den Glöckchen aus meinem Schlafzimmer.

ROMA, *ein fünfjähriges Mädchen, rennt davon.*

MIRA (*fährt fort*): Inzwischen wollen wir keine Zeit verlieren. (*zu* KAMAL) stell dich so hin, schau – den rechten Fuß über den linken – und so: die Knie ein bisschen gebeugt – aber nicht zu sehr – probier es mal.

PRABHA (*da* KAMAL *übertreibt*): Ha ha ha!

PRABHA: Du siehst aus wie ein Clown!

NALINI: Pass auf, du verstauchst dir noch den Knöchel.

KAMAL (*mit dem Fuß aufstampfend*): Ach, haltet doch den Mund, ihr grinsenden Affen. Nichts könnt ihr als meckern. Schämt euch doch!

MIRA (*streng*): KAMAL, hör jetzt auf! Schau auf mich und tu, was ich dir sage. Was kümmerst du dich überhaupt um die? Schau her, auf meine Füße. Ich stehe diesmal aufrecht, siehst du? Jetzt bin ich Radha, und du bist Krishna und musst vor mir knien. Knien, sag ich!

RATNA (*ein zehnjähriges Mädchen, wichtigtuerisch*): Was für ein Unsinn! Krishna ist ein Mann. Mädchen müssen knien. *Du* musst vor ihm knien.

MIRA (*barsch*): Ruhe! Keine Widerworte, das dulde ich nicht. (*wütend*) Und diese Idee, dass Mädchen nichts sind und Jungen alles. Da kocht mir das Blut. Außerdem ist das *keine* Einbildung: Ich habe letzte Nacht gesehen, wie Krishna vor Radha kniete. (*zu* KAMAL) Also, entscheide dich jetzt: entweder du gehorchst mir, oder ich muss einen anderen, folgsameren Krishna suchen.

KAMAL (*verletzt*): Aber das ist ungerecht, Mira! *Die* da fallen über dich her, und *mich*, deinen Freund, lässt du dafür büßen! (*zu* NANDINI, PRABHA *und einigen anderen, die sich hämisch freuen*) Und ich verhaue diese grinsenden...

MIRA (*mit dem Fuß aufstampfend*): Ruhe! Ich verbiete euch das!

Es wird ruhig, wenn nun ROMA *mit einer Flöte in der Hand bei der aufgeschreckten Gruppe ankommt.* MIRA *klatscht in die Hände: Alle schauen zu ihr hoch.*

MIRA(*streng*): Warum kommst du so spät?

ROMA: Ich habe überall gesucht –

MIRA: Na gut. Wirf sie her. (ROMA *wirft die Flöte zu* MIRA *hinauf, die sie auffängt.*)

MIRA: Sehr schön. (*dann ruhiger*) Schaut her, Kinder! Schaut mich an. Radha spielt jetzt Flöte.

PRABHA: Unsinn! Radha hat im Leben nie Flöte gespielt.

MIRA (*herausfordernd*): Woher willst du das wissen?

PRABHA: Woher ich das weiß? Pah, nirgendwo steht, dass sie es je getan hat.

MIRA (*scharf*): Steht vielleicht geschrieben, dass sie ihre Fingernägel geschnitten hat? Außerdem tue ich, was ich für richtig halte. Eine Radha, die nicht tanzen und spielen kann, brauche ich nicht. (*herausfordernd*) Wenn ich spielen kann, warum soll Radha es nicht können?

Sie spielt auf der Flöte eine liebliche, einfache Melodie. Die Kinder schauen auf, ihre Unruhe ist verflogen. SANATAN *blickt* MIRA *zärtlich an, während sie beseligt Flöte spielt.*

CHANDRA (*mit dem Lächeln einer stolzen Mutter*): Ist sie nicht bildhübsch?

SANATAN (*halblaut*): Und eine geborene Musikerin dazu – ein Wunderkind! (*laut zu* CHANDRA) Seht, wie sie improvisiert. So ein kleines Kind! Wie alt ist sie?

RATAN SINGH: Gerade sieben geworden. (*stolz*) Sie ist begabt, nicht wahr?

SANATAN: Begabt ist ein viel zu schwaches Wort. Sie ist eine kleine Heilige. Sie ist Eure Tochter, nehme ich an?

RATAN SINGH: Ja, Gurudev.

SANATAN (*nachdenklich*): Außergewöhnlich! Ihr seid gesegnet, so ein Kind zu haben. Sie ist – (*nach einer Pause*) Ihr wisst nicht, wer sie ist, Maharaj!

RATAN SINGH (*vor Freude errötend*): Zumindest wissen wir eins: Sie hat einen prächtigen Eigenwillen –

CHANDRA (*ihn unterbrechend; die Mutter in ihr ist erwacht*): Nein, das ist nicht wahr. Sie ist wirklich ein Engel! Bitte, Gurudev, segnet sie!

SANATAN: Sie ist schon gesegnet auf die Welt gekommen, Maharani, das kann ich Euch versichern. (*nach einer Pause*) Aber ich würde gern mit ihr sprechen. Darf ich?

RATAN SINGH (*überglücklich*): Aber gewiss, Gurudev! (*er steht auf und ruft*): Mira, hierher! Mira, kommst du mal eben her?

MIRA *erschrickt, verliert den Halt, rutscht aus und fällt ins Was-serbecken. Ein erschrockener Aufschrei.* KAMAL *springt herbei und ergreift ihre Hand. Inzwischen eilt auch* SANATAN *hinzu, gefolgt vom König und der Königin. Aber bevor sie das Becken erreichen, ist* MIRA *schon herausgesprungen und rennt lachend auf sie zu. Sie treffen sich auf halbem Weg.*

CHANDRA (*tadelnd*): Ach Kind, Kind! Wie unvorsichtig du bist! Sieh mal, dein Ellbogen!

MIRA (*unbekümmert*): Ach Mutter, das macht nichts. Nur ein kleiner Kratzer.

RATAN SINGH: Wie konntest du denn so fallen? Du hät-test dir den Hals brechen können!

MIRA (*gekränkt*): Ach was! Ich kann aus drei Metern Höhe ins Wasser springen.

CHANDRA: Aber du bist nass. Geh jetzt und zieh dich um.

MIRA: Ich habe keine Zeit: Wir müssen jetzt die Probe zu Ende bringen. Außerdem sind meine Kleider kaum nass geworden.

RATAN SINGH (*sich darein ergebend*): Gut, wir lassen es für den Moment dabei. Sieh mal, wer zu deinem Geburtstag gekommen ist, um dich zu segnen. Mach deine Verbeu-gung. Aber (*er droht mit dem Finger, zwinkert aber vergnügt mit den Augen*) ich warne dich: Wenn du weiter unartig bist, segnet er dich nicht.

MIRA (*berührt seine Füße und lächelt selbstbewusst*): Aber ich bin doch nicht unartig, oder?

SANATAN (*mit gespieltem Ernst*): Wer sagt das denn auch? Ich bin bereit, mit der ganzen Bande zu kämpfen, wenn sie so etwas sagen. (*er krempelt sich zum Spaß die Är-mel hoch.*)

MIRA (*lacht belustigt*): Vater hat doch gesagt, Ihr seid ge-kommen, um mich zu segnen.

Inzwischen sind die anderen Kinder auch herbeigelaufen und umringen die vier, begierig, alles mitzubekommen.

SANATAN (*in verändertem Ton, liebevoll*): Du brauchst die Segnungen eines Sterblichen nicht, mein Kind! Du brauchst nur eins – ein Geschenk von Gott, das ich dir mitgebracht habe.

MIRA: Ein Geschenk! (*sie klatscht in die Hände*) Was kann das wohl sein? Oh, zeigt es mir – jetzt gleich!

SANATAN: Wenn du Radha sein willst, musst du etwas lernen, meine kleine Mutter.

MIRA (*verblüfft*): Lernen? Was denn?

SANATAN: Geduld. Du musst die Kunst lernen, Seinen Willen zu tun. (*er lacht auf.*) Aber verzieh doch nicht so das Gesicht. Ich bin gekommen, um dir eine Segnung zu bringen, nicht um dich zu schulmeistern. Hier!

Er greift tief in seinen Schulterbeutel und holt eine wunderschöne, etwa 45 cm hohe STATUETTE *von* BALGOPAL (KRISHNA *als Kind*) *heraus.*

MIRA (*aufgeregt, mit großen Augen*): Oh Mutter! Ich – ich – habe Ihn gesehen!

SANATAN: Ihn gesehen? Wo? Wann?

MIRA (*jubelnd*): Im Traum, letzte Nacht. Ich wollte ihnen ja gerade erzählen, was ich gesehen habe. Ich sah – zuerst Radha, wie sie vor Ihm (*auf die* STATUETTE *deutend*) kniete. Dann wurde Er lebendig und kniete ganz genauso vor ihr. Und dann, oh, was habe ich dann gesehen? Ich sah...

SANATAN (*gespannt*): Ja, sprich weiter.

MIRA: Ich sah mich selbst an der Stelle von Radha! Ich muss verrückt gewesen sein!

SANATAN (*hintergründig lächelnd*): Wer weiß, mein Kind, wer weiß?

MIRA (*wirft ihm einen schnellen Blick zu*): Was meint Ihr

mit „Wer weiß"?

SANATAN: Das verrate ich dir nicht, meine kleine Mutter! Nur so viel kann ich dir sagen: Mein Gebieter (*auf die* STATUETTE *deutend*) hat mich beauftragt, Ihn dir persönlich zu übergeben. Ich hatte eine Vision von dir und erfuhr, dass du als Prinzessin eines reichen Staats in Rajputana geboren wurdest. Die letzten zwei Monate bin ich auf der Suche nach diesem Staat herumgewandert. Als ich dich sah, wusste ich sofort, dass meine Suche zu Ende war. Du bist gesegnet wie nur wenige in diesem Dunklen Zeitalter. Nimm dies von mir – (*mit belegter Stimme*) – denn Er hat beschlossen, von jetzt an bei dir zu bleiben, als *dein* Gast und Gefährte.

RATAN SINGH (*gerührt*): Gurudev, wir sind wirklich gesegnet, dass Ihr wiedergekommen seid und den Staub Eurer heiligen Füße in unser Haus bringt. Aber –

SANATAN: Aber – ?

CHANDRA (*kommt ihm zur Hilfe*): Aber Gurudev, seht doch, es ist so ein kostbares Stück und hat Euch so lange gehört –

SANATAN: Nichts auf Erden gehört uns, Maharani! Der wahre Besitzer von allem ist Er allein. Was wir Narren für unser Eigentum erklären, ist uns nur zu treuen Händen überlassen.

Seine Augen glänzen im Schein der Abendsonne. Plötzlich beginnt er entrückt zu singen:

> Sing: „Alles in der Welt ist dein,
> du letzte Zuflucht des Lebens,
> die kein Verstand je begreift."
>
> Lass das Seufzen, das Grübeln, Herz.
> Kann die Gnade sich je uns versagen?
> Drum sing, oh Narr: „Was ist, das ist

nur dein – nur dein – nur dein.
So lass mich opfern, was ich hab,
dir, meiner Sehnsucht Ziel."

Die du für deine Freunde hältst,
wähnend, sie hätten dich lieb,
sind blind wie du im Wirbel des Trugs,
verlangend nach irdischem Glück.

Selbst wenn sie in Liebe fest zu dir stehn,
ist alles nur Illusion,
und wenn der Maya-Glanz erlischt,
sind sie nicht länger dein.
Wenn du erlöst sein willst, dann sing:
„Nach Gott dürste ich allein."

Tränen rinnen über seine Wangen, während er, alles um sich vergessend, singt. Um seine Gefühle zu verbergen, wendet RATAN SINGH *das Gesicht der untergehenden Sonne zu.* CHANDRA *trocknet sich die Augen. Alles wird still. Die Kinder starren den seltsamen Sänger staunend an.*

RATAN SINGH (*verbeugt sich vor* SANATAN): Gebt mir Euren Segen, Gurudev, dass ich dies niemals vergesse.

SANATAN (*nach einer Pause*): Nur Er kann segnen, Maharaj!

MIRA: Ihr seid wirklich sonderbar. Erst lacht Ihr, und im nächsten Moment weint Ihr!

SANATAN (*lächelt sie liebevoll an*): Das kommt daher, dass Er beschlossen hat, mich nur in diese beiden Künste einzuweihen. Aber lassen wir das. Ich muss nun fort. Nur eins noch: Denk daran, denk immer daran, kleine Mutter, dass mein Herr zu dir gekommen ist, weil Er deine Gastfreundschaft begehrte. Versprich mir, dass du das nicht vergisst.

MIRA: Vergessen? Warum sollte ich? Aber sagt mir: warum ist Ihm meine Gastfreundschaft lieber als Eure?

SANATAN (*mit gezwungenem Lachen*): Warum ? – Weil Er gierig ist, weißt du das nicht? Schönheit begeistert Ihn.

MIRA: Schönheit? Aber Ihr seid doch auch schön, oder?

SANATAN (*zwischen Lachen und Weinen*): Ich weiß es nicht. Aber eins weiß ich: Unser Herr ist berühmt für seine Flatterhaftigkeit. Von einer Liebe springt Er zur nächsten. Nun bist du es, die Er ausgewählt hat. Willst du da nicht lachen und dich freuen, solange die Sonne scheint?

Er lacht und MIRA *fällt ein.*

RATAN SINGH (*als das Gelächter sich legt*): Ich bewundere Euch, dass Ihr lacht, Gurudev, denn ... schließlich ist dies doch keine lächerliche Sache für Euch.

SANATAN (*schaut ihm voll ins Gesicht*): Aber Er hat mich noch ein paar andere Dinge als Lachen gelehrt, Maharaj! Zum Beispiel habe ich gelernt, dass Freude oder Leiden letzten Endes unwichtig sind – wenn es uns gelingt, alles, was wir haben und sind, zu Seinen Füßen darzubieten. All diese Jahre war die STATUETTE bei mir ... Ich habe liebevoll für Ihn gesorgt. Und ich habe in Freude gelebt ... weil es Sein Wille war. Jetzt vertraue ich Ihn ihrer Fürsorge an. Ich werde Ihn vermissen ... aber auch das ist so, weil Er es will. Was zählt, ist jedenfalls nicht Freude oder Schmerz, sondern ... dass wir nach besten Kräften Seinen Willen tun. Denn Leid, das wir *für* Ihn ertragen, kann ebenso ein Geschenk sein wie die Freude, die wir *von* Ihm bekommen.

MIRA: Aber wozu überhaupt Leid, wenn Ihr die Freude *haben* könnt? Gott gehört uns allen – das hat Mutter mir gesagt. Warum sollen wir dann nicht gemeinsam Seine Betreuer sein? Weshalb müsst Ihr gehen? Bleibt doch bei uns!

SANATAN (*unterdrückt einen Seufzer*): Möge Er dich segnen, du gütiges mütterliches Herz. Aber der Herr will nicht, dass ich in einem Palast logiere. Ich muss zurück zu meiner kleinen Hütte in Brindaban – wohin ich gehöre.

MIRA (*beharrlich*): Warum müsst Ihr denn? Es steht Euch doch frei...

SANATAN: Niemand ist frei, kleine Mutter, natürlich mit Ausnahme der wenigen Gesegneten, die ihre Freiheit zu Seinen Füßen geopfert haben.

MIRA (*verwirrt*): Das verstehe ich nicht.

SANATAN (*mit erzwungener Heiterkeit*): Das brauchst du auch nicht – jetzt zumindest. Nimm an, ich hätte mit mir selbst gesprochen.

MIRA (*hartnäckig*): Aber Ihr habt meine Frage nicht beantwortet: Warum müsst Ihr fort?

SANATAN (*lächelnd*): Weil mein Meister es so verlangt.

MIRA: Was ist denn ein Meister? (*Pause*) Wollt Ihr es mir nicht sagen?

SANATAN: Ein Meister ist wie die Ganga im Vergleich zu einem Tümpel. (*auf die* STATUETTE *deutend*) Er selbst wird es dir zur rechten Zeit sagen.

RATAN SINGH (*der nicht weiß, wie er das verstehen soll*): Wie denn das, Guruji? Die Figur ist doch leblos.

SANATAN (*bestimmt*): Nein.

MIRA (*überrascht*): Nein? Was meint Ihr denn nur? (*nach einer erwartungsvollen Pause, in der* SANATAN *nur lächelt*) Sagt doch, wie soll die Figur sprechen?

SANATAN (*weiterhin lächelnd*): Genauso, wie ich jetzt mit dir spreche, kleine Mutter.

MIRA: Aber ich verstehe nicht ... Ihr seid doch ein lebendiges Wesen –

SANATAN: Und das ist Er auch. Die Statuette ist sogar noch lebendiger, sage ich dir.

MIRA: Seid Ihr verrückt geworden? Kommt hierher! (*sie hält der* STATUETTE *ihren Zeigefinger unter die Nase*) Er hat keinen Atem, kein bisschen – fühlt selbst!

SANATAN: Liebe wird Ihm Atem geben, du wirst sehen.

MIRA: Liebe? Wessen Liebe?

SANATAN: Deine.

CHANDRA: Aber Gurudev –

MIRA (*ungeduldig*): Warte, Mutter! (*sie schaut* SANATAN *fest an*) Wollt Ihr mir sagen, dass Er lebendig wird, wenn ich Ihn lieb habe? ... Warum antwortet Ihr denn nicht?

SANATAN: Du wirst die Antwort bekommen, wenn du gelernt hast, Ihn zu lieben. (*er berührt segnend ihren Kopf*) Möge der Herr dich immer segnen, kleine Mutter, und dich zu seinem Eigen fordern. (*Er schaut nach Westen*) Oh, die Sonne ist untergegangen. Ich muss fort.

RATAN SINGH: Wir können Euch doch so nicht fortlassen, Gurudev! Bleibt wenigstens ein paar Tage bei uns.

CHANDRA (*mit gefalteten Händen*): Ja, Gurudev, so lange wie möglich.

SANATAN (*gerührt*): Maharani, möge Er Euch alle beschützen und sehend machen. Aber seid mir nicht böse, dass ich jetzt nicht bleiben kann. Ich gehöre nicht hierher. Mein Gurudev, Sri Chaitanya Mahaprabhu[12] hat befohlen, dass ich in Brindaban leben und sterben soll. Ich war dort, als der Herr mir auftrug, Ihn Eurer gesegneten Tochter zu übergeben. Mein Auftrag ist erfüllt. Ich kann nicht länger bleiben – jeder Augenblick zählt.

Ein befangenes Schweigen tritt ein.

RATAN SINGH: Wollt Ihr uns nicht einen geistigen Rat geben?

---

[12] *Chaitanya Mahaprabhu*, geb. ca. 1485 in Bengalen, Gründer einer Bhakti-Bewegung, in deren Mittelpunkt die Verehrung des göttlichen Paares Radha-Krishna steht.

SANATAN: Nun ... (*nach einer Pause*) Wenn ich einen Vorschlag machen darf?

CHANDRA (*erwartungsvoll*): Aber natürlich, Gurudev!

SANATAN: Ihr werdet es mir auch nicht übel nehmen?

RATAN SINGH: Übel nehmen? Wie könnten wir das, Gurudev? Wir werden alles tun...

SANATAN: Seid nicht zu großzügig mit Euren Versprechungen, Maharaj! (*eine Pause*) Ich wollte Euch nämlich bitten, ... Eure Tochter ... Eure Tochter nicht zu verheiraten.

CHANDRA (*entgeistert*): Sie nicht verheiraten? Warum denn das, Gurudev?

SANATAN (*nach kurzer Pause*): Weil sie nicht glücklich wird, wenn sie heiratet.

CHANDRA (*verängstigt und abwehrend*): Wieso, Guruji?

SANATAN (*nachdenklich*): Maharani ... wenn man (*auf die* STATUETTE *deutend*) *Seine* Braut wird, dann kann man unmöglich einen anderen heiraten.

betretenes Schweigen ...

CHANDRA (*frostig*): Wenn Ihr aufbrechen müsst, Gurudev, dann ist es jetzt Zeit –

SANATAN (*kommt aus seinem Grübeln wieder zu sich*): Ja, Maharani! Es ist höchste Zeit ... Lebewohl, kleine Mutter.

MIRA (*kniet zu seinen Füßen nieder*): Werde ich Euch denn nicht wiedersehen?

SANATAN (*nickt*): Doch.

MIRA (*wischt sich hastig eine Träne aus dem Auge und hebt die* STATUETTE *auf*): Aber wo – und wann?

SANATAN (*geheimnisvoll lächelnd*): Der Herr selbst wird es dir sagen.

2. Akt

Acht Jahre später. MIRA *ist jetzt etwa fünfzehn. Der Schauplatz ist ihr Zimmer. Sie legt gerade Blumen vor die Füße der* STATU-ETTE, *die auf einem marmornen Altar in der Ecke steht. Es ist Abend. Sie zündet einige Räucherstäbchen an, faltet die Hände und singt mit geschlossenen Augen:*

Wer stahl in den Tempel des Herzens sich leise
und weckte mich sanft aus dem Schlaf?

Von ferner Küste her wehte
der Wind einen tiefen Klang.
Ich lauschte dem zärtlichen Flötenton,
meine Seele tat sich auf.

Ein Strahlen drang ein, verheißend,
traf meinen staunenden Blick.
Mein Leben begrüßte den Fremden,
als Herold des Morgenlichts.

Durch den Besuch dieses Fremden,
war mein Friede jedoch dahin:
Wie der Mond den Ozean aufwühlt,
und doch webt an der Harmonie.

Als ich nachsann, spielte ein Lächeln
auf dem fremden, vertrauten Gesicht.
Ein Schleier war plötzlich zerrissen,
und Engel sah ich, so licht!

Ein versunkenes Reich erstand wieder,
der Zeiten Fluss kehrte sich um.
Ich sah uns zum Rasa-Tanz eilen,
zur nächtlichen Probe für Ihn.

Die Rollen hat Er uns gewiesen,
unsrer Seelen alleiniger Herr,
erstanden für uns als Schönheit
in unserer Sphäre des Leids.

In Ihm fanden wir unsern Meister,
ein Tropfen offenbarte das Meer.
Miras rastloses Wesen verschmolz mit
Seinem Herzen und Seinem Gesang.

Wenn sie nach dem Lied die Augen öffnet, sieht sie KRISHNA *als fünfzehnjährigen Jungen aus der* STATUETTE *heraustreten. Er steht nun vor ihr.*

MIRA (*vorwurfsvoll*): Ganze anderthalb Tage bist du nicht gekommen. Weißt du das eigentlich?

KRISHNA: Ich kann doch nicht nur mit dir spielen. Ich habe noch andere Spielgefährten.

MIRA (*wütend*): Dann geh zu ihnen. Wenn du meinst, dass sie dich mehr lieben als deine Mira –

KRISHNA: Es geht nicht um mehr oder weniger Liebe, Mira. Es macht mir eben Spaß. Ich bin ein junger Bursche und je älter ich werde, desto lieber habe ich etwas Abwechslung.

MIRA (*anklagend*): Und du bestehst darauf, dass ich mich nur nach dir allein sehnen soll! Aber du vergisst eins: Was für die Blume Honig ist, muss auch Honig für die Biene sein. Ich verzeihe dir das nie, nie, nie!

KRISHNA: Haben Mädchen denn keine Logik? Blumen können nicht fliegen. Soll die Biene vielleicht nicht mehr ausschwärmen, nur um dem Zorn der Blume zu entgehen?

MIRA: Gibt es denn in deiner Welt nicht so etwas wie ein Gerechtigkeitsgefühl? Wenn die Biene eine Blume leergesaugt hat, fliegt sie davon und lässt sich auf einer anderen nieder. Soll die arme Blume denn allein ihren ganzen

Nektar verschenken und danach gefälligst verwelken? Ein schönes Spiel von dir, Gopal!

KRISHNA (*lächelt*): Gut, gut, jetzt bist du ja wieder mächtig in Fahrt! Warum siehst du nicht ein, dass man Vergleiche besser nicht zu weit treibt? Eine Blume blüht eben nur einmal, und wenn sie ihren Nektar hergegeben hat, muss sie verwelken – das ist ihr Schicksal. Aber mit den Menschen ist es anders. Je mehr sie ihr Bestes geben, desto besser gedeihen sie und entfalten sich.

MIRA: Ich will aber nicht gedeihen. Ich will spielen – und zwar mit dir allein. Du bist grausam, Gopal: dein Liebreiz ist so übermächtig, dass mich nichts anderes mehr lockt. Und nun kommst du und spielst deine Streiche, und das, wofür ich mich von allem anderen abgewandt habe, entziehst du mir immer mehr.

KRISHNA (*ironisch*): Du schmeichelst dir selbst, Prinzessin! Deine Eltern haben sich entschlossen, dich mit einer königlichen Zuckerpille zu erfreuen. Die schmeckt dir bestimmt viel süßer als der harmlose Honig eines Jungen vom Lande wie Gopal.

MIRA (*den Tränen nahe*): Schäm dich! Du weißt doch genau, was mein Guru, der Yogi, vor sieben Jahren gesagt hat: Ich sollte nie heiraten, dabei würde ich nicht glücklich.

KRISHNA: Dein Urteil steht schon fest, bevor der Fall überhaupt eingetreten ist. Das ist wieder typisch Frau!

MIRA (*aufbrausend*): Du unverbesserlicher – ! Du weißt doch genau, wie ich es meinte –

KRISHNA (*unterbricht sie*): Wie soll ich wissen, was du meinst? Ich bin nicht allwissend wie ihr Frauen! Ich meine nur, was du jetzt empfindest, könnte sich schließlich als falsch herausstellen. Wenn BHOJRAJ dich in seinen Armen hält, wirst du mich noch schneller vergessen als die Biene eine Blume, deren Nektar sie aufgesaugt hat. Und außerdem: Wolltest du nicht deine Rache haben?

MIRA: Rache! Als ob du mich je vermissen würdest! Nein, Gopal, mach dich nicht ständig über mich lustig. Du weißt selbst, dass es nicht stimmt, was du sagst; und auch, dass du viele andere hast, aber ich habe nur dich. Hast du mir nicht selbst dieses Lied eingegeben:

> *Wer stahl in den Tempel des Herzens sich leise*
> *und weckte mich sanft aus dem Schlaf?*

KRISHNA: Aber angenommen, du wachst auf und findest etwas Sanfteres als –

MIRA (*schubst Ihn scherzhaft*): Lieber Himmel! Ich rede ernsthaft mit dir, und du – du –

KRISHNA (*schneidet ihr das Wort ab*): Ich meine es genauso ernst, Mira, das versichere ich dir! Wie könnte es anders sein, nachdem ich all diese Jahre mit dir gelebt habe und aufgewachsen bin als dein Freund, Bewunderer und Spielgefährte? Aber altklug, wie du bist, weißt du sicher auch, wie versessen eine heranwachsende Seele auf jede neue Erfahrung ist. Wie willst du also wissen, ob so eine reiche, königliche Persönlichkeit dir nicht viel mehr bieten könnte als ein gewöhnlicher Hirtenjunge?[13]

MIRA (*wütend*): Ach, du bist unausstehlich! – Geh mir aus den Augen. Ich will nichts mehr mit dir zu tun haben. Ich schließe mich in mein Zimmer ein und faste, bis ich tot bin. Dann wirst du traurig sein und ich froh.

KRISHNA (*ergreift ihre Hand*): Hör zu, Mira –

MIRA (*schüttelt seine Hand ab*): Das will ich nicht. Du kennst deine Mira gar nicht. Und du verdienst sie nicht.

KRISHNA (*lacht*): Ha, ha, da siehst du es. Die Idee, dass jemand anders deiner würdiger sein könnte, als ein treu-

---

[13] Krishna wuchs als Pflegekind in einem Dorf von Kuhhirten auf.

herziger, unwissender Junge, hat in deinem Gemüt bereits Knospen getrieben.

MIRA: Treuherzig sagst du! Du herzloser, grausamer – (*sie bricht in Tränen aus*) Ach Gopal! Hör doch mit der Quälerei auf. Ich warne dich: Man kann es auch zu weit treiben. Und dann wirst du seufzen und die Hände ringen, wenn du nicht vorsichtig bist.

KRISHNA (*lachend*): Du erinnerst mich an eine, die fast im gleichen Ton mit mir sprach. Wie sich alles wiederholt!

MIRA (*vergisst ihren Ärger*): Wer war das? Etwa Radha?

KRISHNA: Genau die Dame! Aber um gerecht zu sein – sie hat mich oft noch viel wütender beschimpft als du. (*lächelnd*) Einen Tag vergesse ich nie, als sie mit Tränen in den Augen in einem kleinen, rachsüchtigen Lied eine Prophezeiung machte:

(Er singt leise)

Wird jemals ein Mann eine Frau verstehen,
die nur in der Liebe lebt?
Warte, bis du wirst als Radha geboren,
und ich als Nandalal. [14]

Dann spiel ich die grausame Flöte,
und du rennst dann auf mich zu.
Ich werde mich lachend verstecken.
Dann weißt Du, was Liebesleid heißt.

MIRA (*gespannt*): Oh, erzähl mir mehr von ihr. Weißt du, dass ich in letzter Zeit oft von ihr geträumt habe?

KRISHNA: Weh mir! Bestimmt hat sie mich hoffnungslos heruntergemacht – untereinander kennen Frauen ja keine Scheu, und dafür müssen wir Männer leider teuer bezahlen.

---

[14] *Nandalal*: ein Beiname Krishnas (Pflegesohn des Hirten Nanda).

MIRA (*ungeduldig*): Ach, du machst mich ganz verrückt! Pass auf, ich muss dir das unbedingt erzählen. (*sie unterbricht sich und fährt dann fort, ihre Erinnerungen wachrufend*) Ich sah sie weinen und fragte, warum sie traurig sei. Als Antwort sang sie ein Lied. Der Zusammenhang war klar. Du warst nach Mathura fortgegangen und hattest sie verzweifelt zurückgelassen. Tag und Nacht dachte sie nur an dich und war doch glücklich in ihrer Einsamkeit, denn nach allem, was man von dir hörte, ging es dir sehr gut in Mathura. Dann hatte sie plötzlich eine Vision. Die war das Thema ihres Lieds.

KRISHNA: Und was war das bitte? Anklage wegen meiner Herzlosigkeit? Die alte, alte Geschichte!

MIRA: Was kannst du auch anderes erwarten, wenn ich dich fragen darf? Ihr Männer seid doch alle gleich. Du hast sie nie verdient. Sie sang ein wunderschönes Lied. Darin war überhaupt kein Vorwurf, keine Klage – nur – oh, ich muss es dir vorsingen, genau wie ich es hörte:

(Sie singt leise)

Ich träumte gestern von Krishna,
Er spielte die Flöte so zart.
Doch plötzlich wurde Er stille –
umwölkt von Erinnerungsschmerz.
„In meinen Atem", so sann Er,
„wer weht da wie zärtliche Pein?"
Oh, dass ich mit meinen Gedanken
Sein Glück überschattet hab!

KRISHNA: Jetzt musst du aber vorsichtig sein, meine kleine Prinzessin! Ich würde an deiner Stelle nicht so früh anfangen, den Schmerz zu verherrlichen. Radha hat gelitten, weil – aber lass es gut sein – jedenfalls will ich dir ganz klar sagen, dass ich der Letzte bin, der als dunkle Wolke über deinem Glück schweben möchte. Aber auch wenn ich das wollte, könnte ich es nicht – denn bestimmt wird die Erinnerung an mich für dich bald nicht einmal mehr ein „zärtlicher Schmerz" sein –

MIRA (*ruft dazwischen*): Du bist unausstehlich. Ich spreche kein Wort mehr mit dir – solange ich lebe.

KRISHNA: Das war ja nur zu erwarten: eine neue Sonne geht jetzt auf, da verblasst der Polarstern. Aber heute bin ich gekommen, um etwas mit dir zu besprechen – nicht über die Vergangenheit, sondern über die Gegenwart – falls du mich noch erträgst.

Er hält zärtlich ihre Hand.

MIRA (*vergisst alles*): Oh Gopal, warum musst du mich immer so hänseln? Du weißt doch genau, dass dein bloßer Wunsch für Mira Befehl ist. Nein, nicht – jetzt lass mich einmal ausreden!

Sie unterbricht sich und legt ihren Kopf an seine Schulter.

KRISHNA (*nimmt sie in die Arme*): Gut, gut, nun fang nicht wieder an –

MIRA (*macht sich mit einem Ruck los*): Du irrst dich. Ich werde nie wieder vor dir weinen – und wenn ich in Stücke springe. Aber Gopal, sag mir: Warum liebe ich dich so – ein Wesen, dass außer mir nie jemand gesehen hat, das für niemanden als Mira real ist? Mit mir bist du aufgewachsen, mit mir hast du gelacht, gespielt, gestritten, gesungen und getanzt. Du bist als leblose Figur in mein Leben getreten und wurdest dann wichtiger als das Leben selbst – das Leben, das wir lieben, ohne zu wissen warum, ohne sein Spiel im Geringsten zu verstehen. So eine Erfahrung ist anderen nicht gegeben. Sag mir: Warum, warum bist du zu mir gekommen?

KRISHNA: Was für eine Frage! Weil ich dich liebte.

MIRA: In der Vergangenheit?

KRISHNA: Ach, lass uns doch wenigstens heute Abend nicht streiten. Ich sagte doch schon, dass ich gekommen bin, um dich etwas zu fragen.

MIRA: Nein! Es muss nicht immer nach deinem Willen gehen. Heute musst du mich zuerst etwas fragen lassen.

KRISHNA (*hilflos*): Dann sprich weiter.

MIRA: Erinnerst du dich, wie du kamst – an jenem Tag im Garten?

KRISHNA: Natürlich! Du wolltest mich mit diesem Yogi teilen, während ich nur dein sein wollte. Und du redest von der Liebe einer Frau!

MIRA (*wider Willen lachend*): Ach, fang nicht wieder an, mich aufzuziehen. Du lässt mich alles vergessen außer deinem rätselhaften Zauber und deinem ansteckenden Lachen. Ich wünschte nur, du könntest mich genauso wirkungsvoll mit deiner Herzlosigkeit anstecken. Dann könnte ich es dir mit gleicher Münze zurückzahlen.

KRISHNA: Du sagtest, du wolltest mir Fragen stellen. Ich nehme an, für dich ist dies Verhör schon eine Anklage?

MIRA: Daran bist du doch selbst schuld. Deinetwegen verliere ich den Faden, manchmal machst du mich so wild – (*sie unterbricht sich, ihre Augen funkeln*) – dass ich mich fast bei dem Wunsch ertappe, dir weh zu tun – sehr weh – und dann bin ich entsetzt, dass meine Liebe mich mit grausamen Gedanken erfüllt! Wenn ich mir wünsche, dich zu bestrafen, bestrafe ich nur mich selbst. Ich merke dann nämlich, wie unvollkommen meine Liebe ist, wenn sie dir sogar weh tun will. Nein! Ich bin nicht mehr das Mädchen, das du vor sieben Jahren kanntest. Ich bin jetzt eine Frau, und wie du weißt eine *Arakshaniya*.

KRISHNA (*schmollend*): Wie gern du einfältige Leute vom

Land mit langen Sanskritwörtern erschreckst!

MIRA: Da haben wir es wieder! Als ob du wirklich nicht wüsstest, dass ein Mädchen ab zwölf oder dreizehn *Arakshaniya* genannt wird – die unverheiratet zu Hause zu halten eine Sünde ist. Als ob du nicht wüsstest, wie meine Tanten Vater bedrängen. Sie bestehen darauf, dass ich so schnell wie möglich unter die Haube komme. Nur weil ich mich strikt geweigert habe, konnten sie mich letztes Jahr nicht loswerden. Aber neues Unheil braut sich zusammen: Jetzt haben sie sich in den Kopf gesetzt, mich für immer an Bhojraj zu ketten, vielleicht schon nächsten Monat, wer weiß? Warte, warte, ich bin noch nicht fertig. Ich weiß, dass ich nicht in die gleiche Gussform passe wie die anderen. Ich habe so viele Freundinnen und Kusinen und Verwandte, aber niemand versteht mich. Viele halten mich sogar für verrückt, weil ich stundenlang mit einem Nichts aus Luft rede – mit dir! Nicht einmal mein lieber Vater glaubt mir, wenn ich ihm erzähle, dass du jederzeit lebendig werden kannst und dass du all diese Jahre mit mir gespielt, gesprochen und gelacht hast. Das ist auch ein Grund, warum er mich loswerden will. Er ist erschrocken und fast sicher, dass er irgendwann etwas falsch gemacht hat. Aber wenn er mich singen hört – die Lieder, die du mir beigebracht hast – dann ist er zu Tränen gerührt, und ein paarmal hat er mich sogar als heilige Jungfrau, *Kanyakumari,* angesprochen. Aber trotz allem kann er sich nicht von dem alten Brauch lösen, dass ein Mädchen früh verheiratet werden muss. Also brütet er still vor sich hin. Er liebt mich von Herzen; er hat Hochachtung vor mir; meine „Heiligkeit", wie er sich ausdrückt, macht ihn ehrfürchtig – aber wenn die Leute ihm mit ihren unwiderlegbaren Argumenten beikommen, dann ist er wieder voller Zweifel und sagt sich, dass sie doch recht haben und dass ich offenbar in einer gefährlichen, selbstgeschaffenen Traumwelt lebe. Aber ich habe ihm gesagt, dass ich nicht heiraten kann und nicht *werde*.

KRISHNA: Dass du nicht kannst, wollen wir fallen lassen. Aber warum *wirst* du nicht? Erklär mir das.

MIRA: Nein, sag du mir erst: warum soll ich heiraten?

KRISHNA: Weil das nun einmal der Lauf der Welt ist. Ist das nicht der Standpunkt deines Vaters?

MIRA (*ungeduldig*): Aber ist es der richtige Standpunkt? Das frage ich dich doch?

KRISHNA: Warum fragst du denn *mich*? Ich bin nicht dein Guru. Wie kannst du außerdem sicher sein, dass ich dir den richtigen Rat gebe?

MIRA: Weil ich dich liebe.

KRISHNA: Als was? Nein, ich will mich nicht um die Antwort drücken. Ich frage, weil ich wissen will, *warum* du meinen Rat suchst. Für *dich* bin ich nicht der Meister, und noch viel wenlger dei Herr der drei Welten.[15]

MIRA: *Bist* du denn nicht der Herr? Selbst Vater gibt zu – wenn auch nur in der Theorie – dass du *Bhagwan Swayam* bist, der Herr selbst. Er zitiert deinen eigenen Ausspruch aus der Bhagavad Gita, dass du die Menschen in Bewegung versetzt, so wie der Puppenspieler die Puppen mechanisch tanzen lässt.

KRISHNA: Aber hast du das selbst erkannt? Hast du gesehen, wie ich die Menschen tanzen lasse?

MIRA: Das ist doch völlig unwicht...

KRISHNA (*fällt ihr ins Wort*): Keineswegs. Du liebst die Gita. Dann weißt du auch, dass ich jedem in der Form erscheinen werde, die er sich wünscht. Dir möchte ich bescheiden vorschlagen, mich nicht als Gott oder Meister

---

[15] Himmel, Erde, Unterwelt.

anzusehen: Ich bin einfach dein Kamerad, dein Spielgefährte, Gesangs- und Tanzlehrer, wenn du willst, aber nicht der Göttliche Führer, dem man nur auf eigene Gefahr ungehorsam sein kann. Protestiere dagegen, soviel du magst. Aber es bleibt dabei, dass ich dir bestenfalls allgemeine Ratschläge geben kann. Entscheidungen für das ganze Leben kann ich nicht wie ein Richter für dich treffen. Du kannst nicht mit einem Schritt eine ganze Leiter erklimmen. Stufe für Stufe muss man steigen. Um es kurz zu machen: Du weißt nicht, wer ich bin. Vielleicht bin ich ja wirklich so herzlos, wie meine Lästerer behaupten. Warum willst du mich also mit der Frage in Verlegenheit bringen, was du in einer so wichtigen Angelegenheit wie der Heirat einer hochbegabten Prinzessin mit einem sehr großmütigen Prinzen tun solltest?

MIRA: Soll ich denn meinem Vater gehorchen und heiraten? Warte, warte, weiche mir nicht wieder aus. (*vom Treppenhaus, das zu* MIRAS *Zimmer führt, hört man Schritte*) Da, mein Vater kommt. Welche Antwort soll ich geben? Die richtige Antwort. Ich bestehe darauf!

KRISHNA: Was immer dein reines Herz empfindet, ist sicher richtig.

MIRA: Aber was ist, wenn ich wähle, was Gift für meine Seele ist?

KRISHNA: Was für den Unreinen Gift ist, kann für den Reinen Nektar sein. Oft ist es so.

Er löst sich wieder in die STATUETTE *auf, als* RATAN SINGH *eintritt, gefolgt von* BHOJRAJ.

MIRA (*steht schnell auf*): Vater! (*sie sieht* BHOJRAJ) Oh – (*sie senkt ihr Gesicht und errötet tief.*)

RATAN SINGH (*stellt seinen Gast vor*): Du weißt doch bestimmt, wer dies ist? Neulich haben wir dir ein Bild von ihm gezeigt, erinnerst du dich?

MIRA (*kaum hörbar*): J-ja.

RATAN SINGH: Ich habe ihn eingeladen, ohne dir vorher Bescheid zu sagen.

BHOJRAJ: Erlaubt, Raja Sahib! Prinzessin, ich habe mich nie viel um Etikette und Förmlichkeit gekümmert. Deshalb habe ich Eurem Vater über meine Absicht geschrieben.

MIRA *schaut ihn überrascht an, senkt aber gleich wieder den Kopf.*

BHOJRAJ: Prinzessin, ich will es so einfach erklären, wie ich kann, um Euch nicht weiter in Verlegenheit zu bringen. Seht, ich habe mir viel Mühe gegeben, um mit Euch in Verbindung zu bleiben. Oft bin ich hierher in den Tempel gekommen, wo Ihr meist singt und habe Euch heimlich zugehört. Ich kann Euch nicht sagen, wie ergriffen ich jedes Mal von Eurem Singen und Eurer persönlichen Ausstrahlung war. Ihr seid für mich zu einem Ideal geworden – einem Symbol für Reinheit, für Poesie und Schönheit. Ich habe Euch in meinen Meditationen gesehen. Euer Gesicht, Eure Stimme sind mir oft im Traum erschienen. Für einen rechtmäßigen Thronfolger des mächtigen Mewar ist es nicht üblich, seinen Kopf vor jemand anderem zu verneigen – am allerwenigsten vor seiner zukünftigen Braut. Aber die Reinheit Eures Gesichts hat mich geläutert und mir gezeigt, was Demut ist. So habe ich die ganze Königswürde in den Wind geschlagen und komme nun zu Euch, weil ich um Eure Hand anhalten will. Als ich hörte, dass Ihr nicht an Heirat denkt, habe ich selbst die Initiative ergriffen und Euren Vater gebeten, mich einzuladen. Ich wollte, wieder ganz gegen das Herkommen, meiner Werbung nach Möglichkeit selbst Nachdruck verleihen. (*nach einer erwartungsvollen Pause*) Jetzt warte ich auf Eure Antwort.

RATAN SINGH: Ich möchte nur ein Wort hinzufügen, liebe Tochter! Du weißt sehr gut, dass du nicht aus demselben Holz geschnitzt bist wie die meisten Mädchen. Ich meine jetzt nicht dein Talent für Musik und Tanz, von dem selbst deine schärfsten Kritikerinnen, die Tanten und Kusinen, begeistert sind. Ich meine deine geistige Entwicklung und deine seelischen Kräfte. Mir bist du, wie du weißt, immer ein Rätsel gewesen. Ich habe dich geliebt, aber wie oft habe ich in Ehrfurcht vor dir gestanden? Immer wieder, wenn ich gerade dachte, ich hätte dich jetzt ganz verstanden, entzogst du dich wieder und warst mir rätselhaft wie zuvor. Aber so ungebunden kann man nicht durchs Leben gehen. Manchmal muss man der Wirklichkeit ins Gesicht schauen. Der richtige Moment dafür ist, glaube ich, jetzt gekommen. Wir stehen am Scheideweg. Die Zeit des Schwankens und Zögerns ist vorbei. Außerdem würde ich meine Pflicht sträflich vernachlässigen, wenn ich nicht deutlich darauf hinwiese, dass dies eine große Ehre für uns ist: die Hand des edlen Prinzen von Mewar. Für einen kleinen Fürsten wie mich ist dies die Erfüllung eines Traums.

BHOJRAJ (*verlegen*): Aber Raja Sahib, ich versichere Euch, dass es für mich keine geringere Ehre ist –

RATAN SINGH: Eure Bescheidenheit, Prinz, ist das strahlendste Juwel in Eurer Krone, aber Eurer Stellung werdet Ihr Euch doch bewusst sein. (*zu* MIRA) Ja, Mira, ich bin wirklich überglücklich, wenn ich denke, dass der berühmte Prinz von Mewar, mein verehrter Gast, gekommen ist, um die Hand meiner Tochter zu erbitten.

MIRA *schaut ihn an und bedeckt dann ihr Gesicht mit den Händen.*

RATAN SINGH: Ach, nicht doch! (*er nimmt sie in die Arme*)

Du glaubst doch nicht, dass ich dich zwingen würde zu heiraten, oder? Denke bitte nur an eins: Wenn du dich endgültig entschließt, unverheiratet zu bleiben, dann danke ich zugunsten meines Sohns ab und verbringe den Rest meines Lebens in einem abgeschiedenen Winkel im Himalaya. Ich kann nämlich den Gedanken nicht ertragen, sehen zu müssen, wie du deine Tage in fruchtloser religiöser Askese vertust. (*Er lässt sie los*) Nun will ich ihn seine Sache selbst vortragen lassen. Ihr könnt es unter Euch ausmachen und mir dann Eure Entscheidung mitteilen, ja? (*Er geht einen Schritt auf die Tür zu und wendet sich dann zu* BHOJRAJ *um*) Nur eins noch. Ich muss Euch in aller Offenheit sagen, dass meine Tochter von manchen Leuten als etwas – exzentrisch angesehen wird. Zumindest bedauern sie, dass sie anscheinend in einer selbstgeschaffenen Traumwelt leben will. Manche nennen es sogar eine Welt der Selbsttäuschung und – Halluzination. Jetzt wisst Ihr es. (a*b*)

Das dumpfe Geräusch von RATAN SINGHS *schweren Schritten verliert sich im Treppenhaus.* MIRA *wendet* BHOJRAJ *den Rücken zu und steht wie versteinert der* STATUETTE *gegenüber.*

BHOJRAJ (*geht einen Schritt auf sie zu; mit sanfter Stimme*): Prinzessin, muss ich noch einmal sagen –

MIRA (*wendet sich abrupt um*): Das müsst Ihr nicht. Ihr wisst von meinem Gelübde. Ich kann nicht heiraten.

BHOJRAJ (*ein wenig bestürzt*): Ich weiß. Nur ... wenn Ihr mir wenigstens zuhört. – Ich erbitte nur etwas, das kaum jemand einem Besucher verweigert: normale Höflichkeit.

MIRA (*etwas milder, aber kühl*): Was habt Ihr mir zu sagen?

BHOJRAJ (*gezwungen lächelnd*): Das ist wohl kaum die Haltung – aber ich verstehe ... ich versuche, mich kurz zu fassen. (*er unterbricht sich, schaut ihr in die Augen*) Prinzessin, ich will keine Ausflüchte machen – nicht nur, weil es

Zeitverschwendung wäre, sondern auch und hauptsächlich, weil ihr kein gewöhnliches Mädchen seid. Ihr seid nicht nur hochbegabt und Eurem Alter weit voraus, Ihr seid offensichtlich auch ein Mädchen – oder vielmehr eine Frau – die sich nicht leicht lenken lässt. Hierin bin ich Euch ein bisschen ähnlich. Ich will damit nicht sagen, dass ich ebenso reich begabt wäre, aber (*lächelnd*) in einem Punkt kann ich wohl mit Euch mithalten: Seit meinem fünften Lebensjahr kannte man mich als ein eigenwilliges Geschöpf, das durch keinerlei Strafen zu bändigen war. Nun, so jemand kann auch in der Liebe nicht leicht eine Niederlage hinnehmen. Das werdet Ihr doch sicher verstehen?

MIRA: Und Ihr versteht sicher auch: Ein Mädchen, das wenig davon weiß, was Männer Liebe nennen, wird sich wohl kaum dafür interessieren, was die Verliebten kitzelt.

BHOJRAJ (*in leicht ironischem Ton*): Ihr werdet mir verzeihen, Prinzessin, wenn ich behaupte, dass die Mädchen in jedem Königshaus, auch wenn sie eigentlich ganz unerfahren sein sollten, doch ein oder zwei Dinge wissen.

MIRA (*gereizt*): Wollt Ihr damit andeuten, dass ich die Unerfahrene nur spiele?

BHOJRAJ (*hastig*): Bitte, Prinzessin, führt keine Scheingefechte. Schließlich muss Euch klar sein, dass ein verliebter Mann seine Angebetete wohl kaum verletzen möchte.

MIRA (*wider Willen lächelnd*): Oh, ich kann mir auch das Unvorstellbare vorstellen.

BHOJRAJ: Da bin ich froh. Ich möchte dann, wenn ich darf, nur um ein faires Verfahren bitten. Vertraut mir bitte als einem Freund – für den Anfang. Oder ist auch das zu viel verlangt?

MIRA (*besänftigt*): Ihr habt Feingefühl, das muss ich Euch zugestehen.

BHOJRAJ (*macht eine ritterliche Verbeugung*): Und Ihr seid

großmütig, das gebe ich mit Freuden zu. Aber – das muss ich ein wenig undankbar hinzufügen – ich bin nicht den ganzen Weg von Mewar nach Marwar gekommen, um mit leeren Händen nach Hause zu gehen, beschwichtigt mit Komplimenten, mit schillernden Seifenblasen.

MIRA (*wider Willen ein wenig beeindruckt*): Ich fange an, Euch zu mögen, Prinz. Nein, zieht daraus keine zu weitgehenden Schlüsse. (*sie errötet.*) Vielleicht hätte ich das nicht sagen dürfen. Ich habe es ausgesprochen, weil auch ich Konvention und Zeremoniell verabscheue. Aber leider habe ich feststellen müssen, dass selbst die klügsten Leute sich oft gar nicht klug sondern ganz närrisch benehmen und den reinen Unsinn nachplappern, bloß weil es gerade so Mode ist. Deshalb kann ich nicht anders als Euch mögen, weil Ihr diese uralte „schillernde Seifenblase", wie Ihr Euch ausdrückt, zerstecht.

BHOJRAJ (*nickt*): Ich bin froh, dass ich offen zu Euch war, obwohl ich Einiges damit riskierte.

MIRA (*ernst*): Aber nun fangt nicht zu schnell an, Eure Luftschlösser zu bauen. Offenheit ist gut – nicht weil sie zu irgendetwas Idealem führte, das tut sie nicht, sondern weil ihr Gegenteil, die Verstellung, ins Unglück führt. Also macht Euch keine übertriebenen Hoffnungen. Ich weiß, was ich will, und ich will nichts, was das Herz mir verbietet. Habe ich mich klar ausgedrückt?

BHOJRAJ (*lächelt*): Ein Kristall könnte nicht klarer sein. Es tut mir nur leid, dass Eure Erkenntnisse nicht entfernt so tiefgründig sind wie Eure Worte unzweideutig.

MIRA: Ich verstehe nicht –

BHOJRAJ: Prinzessin, Ihr sagtet gerade, ich solle keine zu weit gehenden Schlüsse ziehen. Damit bin ich einverstanden. Aber ich kann von mir behaupten, dass ich ein bisschen mehr vom Leben gesehen habe als Ihr. Deshalb bin ich überzeugt, dass eine spontane Zuneigung am Anfang ein verlässliches Fundament abgibt, auf dem das Schloss der Liebe gebaut werden kann – wenn beide den guten Willen dazu haben und wirklich bereit sind, einander zu verstehen.

MIRA (*verwirrt, aber lächelnd*): Ihr habt eine Art, die Dinge darzustellen, Prinz ... Aber Tatsache ist ... Ihr seid mir in Eurem Optimismus ein bisschen zu schnell. Denn was Ihr von unserem gegenseitigen guten Willen und Geben und Nehmen erwartet, das mag Euch ja vielleicht wirklich nützen, aber mich kann es, fürchte ich, nur in den Abgrund stürzen.

BHOJRAJ (*nach kurzer Pause*): Darf ich einen bescheidenen Einwand machen: Was Euch hindert, optimistisch zu sein, ist vielleicht dasselbe, was so viele Menschen hindert, die einfachsten und besten Dinge, die das Leben bietet, anzunehmen. Sie wollen das Dramatische und Spektakuläre.

MIRA (*scharf*): Wollt Ihr damit sagen, dass ich nur Theater spiele?

BHOJRAJ (*hastig*): Bitte, seid doch nicht so trotzig. Ich meine nur, dass in uns allen – und besonders in den Begabten wie Euch – oft etwas Unerklärliches verborgen ist, das uns vom Weg abbringt und uns Leid begrüßen lässt, anstatt es zurückzuweisen.

MIRA (*bemüht sich, ruhig zu bleiben; ironisch*): Ihr seid ein bisschen zu schlau, Prinz! Ihr nehmt einfach an, dass ich zu der üblichen Sorte von Weltflüchtigen gehöre, die sich vom Leben abwenden und die Einsamkeit suchen, um Schmerz wie einen Luxus zu genießen. Aber ich sage Euch, es ist nicht das Jenseits, das mich lockt: Er ist es, nur auf Ihn kommt es an, und ich liebe Ihn nicht, weil Er aus Seiner Welt des Traums und der Glückseligkeit stammt, sondern weil Er Licht in unsere Welt der Lüge und Schlechtigkeit bringt.

BHOJRAJ (*lächelt*): Ich glaube, ich verstehe, was Ihr meint. Aber warum wollt Ihr dann dieser unserer Welt endgültig den Rücken kehren? Warum sie eintauschen gegen etwas viel zu Verblüffendes, als dass man ihm trauen könnte, etwas viel zu Schönes, um wahr zu sein? Ist es klug, auf so etwas Unsicheres zu bauen?

MIRA (*scharf*): Mir liegt überhaupt nichts daran, klug zu sein. Ich sehne mich allein danach, meinem Gopal treu und ergeben zu sein.

BHOJRAJ: Schon wieder die alte Geschichte!

MIRA (*heftig*): Nicht einmal zum Spaß sollte man solche Sprüche machen. Und wenn sie alt ist? Ihr wollt mit mir zärtlich sein. Ist das vielleicht neu? Auch Blumen gibt es schon immer, ebenso den Himmel – sind sie deswegen weniger wert?

BHOJRAJ: Nein, Prinzessin, ich habe nichts dagegen, dass etwas alt ist. Aber wenn Ihr etwas völlig Ungreifbares verehrt, könnt Ihr mir dann meine Skepsis übelnehmen? Seid mir nicht böse, nur weil ich etwas, das sich so wenig beweisen lässt, nicht einfach als gegeben hinnehmen kann.

MIRA (*bemüht sich, ruhiger zu werden*): Ich bin nicht böse. Nur finde ich es völlig unnötig, irgendetwas zu „beweisen", wie Ihr es anscheinend erwartet. (*etwas freundlicher*) Andere können es vielleicht nicht glauben, dass Er zu mir und nur zu mir kommt. Aber es ist wirklich so, und soll ich Ihm vielleicht untreu werden, nur weil andere das bezweifeln, was ich weiß?

BHOJRAJ (*ein wenig unsicher*): Ich gebe zu, Ihr habt mich in eine etwas ungünstige Position gebracht. Eure Wahrheitsliebe will ich nicht anzweifeln, aber – nehmt es mir nicht übel – ich kann nicht alles, was Ihr sagt oder andeutet, für bare Münze nehmen.

MIRA: Ich sage doch, ich nehme Euch das nicht übel. Ich habe etwas gesehen, was den meisten nicht gegeben ist und weiß, dass sie dafür blind sind. Soviel ist mir klar: Wer nicht erlebt hat, was ich erlebt habe, muss das, was ich sehe, bestreiten. Er muss zurückweisen, was ich für richtig halte, weil er es für falsch hält. Das verzeihe ich ihm und Euch. Darf ich Euch nun meinerseits bitten, Euch keine Hoffnungen auf mich zu machen. Ich bin, soweit es Euch angeht, noch unsicherer und fragwürdiger als mein Gopal.

BHOJRAJ: Prinzessin, ich weiß nicht, wie ich Eure Einwände entkräften kann. Ich gebe zu, ich habe nicht gesehen, was Ihr gesehen habt. Ich weiß nur so viel, wie ein normaler Mensch eben weiß. Ich habe nichts gegen Beten und die Verehrung Gottes. Aber wie soll ich Euren Gopal ernst nehmen, wenn er sich so merkwürdig benimmt? Jetzt habe ich ihn ungewollt schon beschuldigt –

MIRA (*ironisch*): Keine Sorge, das nimmt mein Gopal nicht übel, wenn die Beschuldigung zutrifft, und es stimmt ja, dass Er sehr sonderbar ist. Der Grund ist einfach: Er kommt aus einem Land jenseits unseres Horizonts.

BHOJRAJ: Ach, soll Er doch kommen und gehen, so oft Er will. Aber warum muss Er Euch zu ausschließlicher Treue verpflichten? Welches Recht hat Er dazu? Ihr wollt mir doch wohl nicht sagen, dass Ihr Ihn körperlich liebt?

MIRA (*verblüfft*): Körperlich? Was meint Ihr denn damit? Ich kenne nur eine Art von Liebe: die Liebe, die Er in mir erweckt hat. Von etwas anderem weiß ich nicht.

BHOJRAJ (*mit einem verwunderten Blick*): Ich verstehe. Wir wollen nicht weiter darüber streiten. Ich sehe jetzt nämlich, dass ich die ganze Zeit auf einer völlig falschen Spur war, als ich irrtümlich annahm, Ihr wüsstet Bescheid.

MIRA (*gereizt*): Müsst Ihr in Rätseln sprechen?

BHOJRAJ (*schaut sie prüfend an*): Prinzessin, ich dachte Ihr wäret erwachsen genug, um ein wenig darüber zu wissen, was eine Frau empfindet, wenn sie sich zu einem Mann hingezogen fühlt. Aber jetzt habe ich gemerkt ... Wir wollen lieber das Thema wechseln.

MIRA (errötend): Hört zu, Prinz! Ihr sprecht derart von oben herab mit mir. Das kann ich überhaupt nicht leiden.

BHOJRAJ: Sagtet ihr nicht, dass Ihr für die Wahrheit seid? Dann dürft Ihr auch nichts dagegen haben, wenn ich Euch etwas Wahres sage, nämlich dass Erwachsene, wenn sie von Liebe sprechen, etwas anderes meinen als Kinder. Ihr kennt vielleicht die Liebe in Eurer Traumwelt, aber bestimmt wisst Ihr nicht, was sie in unserer Welt der rauen Wirklichkeit bedeutet.

MIRA (entrüstet): Das möchte ich entschieden bestreiten. Ihr wollt doch wohl nicht sagen, dass man sieben Jahre lang vertrauten Umgang mit Gopal haben kann, ohne zu wissen, was Liebe ist. Für was, in aller Welt, soll Er denn gut sein, frage ich Euch, wenn Er einen nicht einmal in die Liebe einführen könnte?

BHOJRAJ (keck): Vielleicht hat Er Euch nur die erste Lektion in der Liebe gegeben. Aber wenn man das ABC gelernt hat, beherrscht man noch nicht die ganze Sprache. Nein, Prinzessin, jetzt macht es mir auch nichts mehr aus, wenn Ihr wütend seid, so erleichtert bin ich.

MIRA (verständnislos): Erleichtert?

BHOJRAJ (nickt): Ja, und erfüllt mit neuer Hoffnung. Denn ein Tag wird kommen, an dem sich die Blüte Eures Herzens öffnet – ah, dann werdet ihr wissen, was die Biene bedeutet. Nur eins noch: Ich kann nicht gehen, ohne noch einmal von Euren Lippen zu hören, dass Ihr mich mögt. (bittend) So ist es doch, nicht wahr?

MIRA (stirnrunzelnd): Wie kann ich Euch gern haben, wenn ich weiß, dass Ihr heimlich über mich lacht?

BHOJRAJ (*mit Wärme*): Das habe ich nicht getan. Im Gegenteil, ich verehre Euch umso mehr, weil ich jetzt weiß, wie rein und unschuldig Ihr seid. Vielleicht etwas weltfremd, doch die Natur lässt nicht mit sich Spaßen. Wenn die Zeit gekommen ist, wird sie ihr Recht geltend machen. Bis dahin fasse ich mich in Geduld – wenn auch wehmütig.

MIRA (*einigermaßen besänftigt*): Ich gebe zu, ich weiß nicht, was ich sagen soll ... (*Pause, dann schnell*) Aber ich muss zugeben, dass Ihr sympathisch seid – schon wegen Eures Feingefühls.

BHOJRAJ: Und ich, dass Ihr verehrungswürdig seid – schon wegen Eurer Unschuld und Wahrheitsliebe.

MIRA (*stolz*): Ja, ich liebe die Wahrheit über alles. Aber ich weiß nicht, ob ich diese Verehrung mag.

BHOJRAJ: Und wenn ich sage, Ihr würdet sie mögen, wenn Ihr erst einmal gekostet habt, wie sie schmeckt?

MIRA: Das dürft Ihr nicht sagen. Bitte, seht ein für allemal ein, dass Mira niemanden als Gopal lieben kann, weil –

BHOJRAJ: Weil?

MIRA (*mit plötzlicher Entschlossenheit*): Gut, ich will fair sein und es Euch sagen. Hört zu: Der große Yogi, der mir die Statuette gab, hat gesagt, ich müsse Gopal lieben und niemanden sonst, und ich sollte auch niemals heiraten.

BHOJRAJ (*sarkastisch*): Ich verstehe, ein Prophet! Aber noch mehr würde mich der Grund dafür interessieren, wenn Ihr mir ihn gnädigst enthüllen wollt.

MIRA (*verärgert*): Der Grund könnte sich aber als sehr ungnädig erweisen, seid gewarnt. Er sagte, ich würde in einer Ehe sehr unglücklich werden, erstens, weil ich meinen Mann nicht lieben könne, und zweitens, weil der nichts von einer Frau hätte, die Gopal liebt. Mutter war so ärgerlich, dass sie ihn nicht drängte, auch nur einen Augenblick länger zu bleiben.

BHOJRAJ (*ironisch*): Mein Beifall für die Weisheit Eurer Mutter, Prinzessin! Ihr Instinkt muss ihr sofort gesagt haben, dass man solche Propheten am besten dorthin bringt, wo sie hingehören: auf den Müllhaufen.

MIRA (*errötend*): Was für einen überheblichen Ton nehmt Ihr Euch heraus? Seid Ihr ein unfehlbarer Richter?

BHOJRAJ (*verletzt*): Und wie kommt Ihr dazu, im Ton eines Diktators mit mir zu sprechen? Ich habe nur meine Meinung gesagt, und das darf ich doch wohl, ob sie nun falsch oder richtig ist.

MIRA (*hart*): Gut, dann habe ich wohl auch das Recht, Euch meine Meinung zu sagen: Ich finde es falsch, wenn jemand sich ein Urteil über etwas anmaßt, das über seinen Horizont geht.

BHOJRAJ (*beleidigt*): Wie könnt Ihr mir das unterstellen? Seit meiner Kindheit habe ich solche Fanatiker scharenweise gesehen. (*voller Wut*) Oh, diese heuchlerischen Idioten. Alles was sie können ist prahlen, dass sie nichts als einen Bettelsack zu Ihrem Ruhm haben.

MIRA (*aufbrausend*): Ihr wagt es, ihn zu beschimpfen, meinen Guru, der mir meinen Gopal gebracht hat. Ihr seid es nicht wert, auch nur seine Füße zu berühren. Geht mir sofort aus den Augen!

BHOJRAJ (*aufrichtig bestürzt*): Oh Prinzessin, glaubt mir – ich wusste nicht, dass er Euer Guru ist. Ihr hattet das niemals auch nur angedeutet.

MIRA (*zeigt auf die Tür*): Kein Wort mehr! Ich will Euer Gesicht nie wieder sehen. Geht – geht – geht weg!

Alarmiert von dem Geschrei stürzt RATAN SINGH *herein.* BHOJRAJ *senkt den Kopf, während* MIRA *zum Altar Gopals geht, sich hinkniet und ihr Gesicht mit den Händen bedeckt.*

RATAN SINGH: Was ist geschehen? Mira! ... Prinz!

BHOJRAJ (*zerknirscht*): Es ist allein meine Schuld, Raja Sahib, Idiot, der ich bin. (*Pause*) Und der Jammer ist, dass wir uns um ein Haar schon völlig einig waren, als ich – (*er zieht* RATAN SINGH *zur Seite, in die* MIRA *und dem Altar gegenüberliegende Ecke des Zimmers und flüstert ein paar Worte*)

RATAN SINGH (*stößt einen Seufzer aus*): Ich verstehe ... Nun, Prinz ... was geschehen ist, ist geschehen. Nur – (*Er unterbricht sich, ist unschlüssig*) Ach, nehmt es nicht so schwer, ich bitte Euch. In gewisser Hinsicht ist es mein eigener Fehler. Ihre Mutter starb, als sie gerade acht Jahre alt war, und ich habe mich nicht richtig um sie gekümmert. Ich habe es auch nie übers Herz gebracht, streng mit ihr zu sein. Dadurch hat sie sich zu einem ziemlich eigenwilligen Mädchen entwickelt, versteht Ihr? Manche Leute haben mich gewarnt – aber ich war schwach. Ich habe mich damit beruhigt, dass später alles von selbst in Ordnung kommen würde, wenn sie einen guten, starken, ansehnlichen Gatten fände. Leider ist es nun anders gekommen.

BHOJRAJ (*leise*): Anders? Inwiefern?

RATAN SINGH: Die Sache ist so: Zuerst haben wir ihre Begeisterung über die Statuette nicht weiter ernst genommen, obwohl sie schwor, dass die Figur wirklich und wunderbarerweise Tag für Tag lebendig würde. Aber nach ein paar Monaten fing sie dann an, solch schöne Lieder zu singen, Lieder, die sie unmöglich selbst komponiert haben konnte, dass wir nicht mehr wussten, wie wir uns das alles erklären sollten. Sie behauptete fest, ihr Gopal hätte sie die Lieder gelehrt. Nach etwa einem Jahr fing sie dann an zu tanzen, und zwar auf sehr schwierige Rhythmen, die sie niemals allein gelernt haben konnte. Sie sagte, ihr Gopal hätte sie unterrichtet. Etwas später passierten dann noch seltsamere Dinge: zum Beispiel verschwand Essen, das sie zubereitet und der Statuette dargereicht hatte, oder manchmal fehlten ein paar große Brocken, und auf dem Rest konnte man noch deutlich Fingerspuren erkennen.

BHOJRAJ (*ungläubig*): Was Ihr nicht sagt! ... Ich meine – äh – war kein fauler Trick dahinter?

RATAN SINGH (*schüttelt den Kopf*): Unmöglich. Ich habe selbst oft ihr Zimmer abgeschlossen, wenn niemand darin war. Manchmal verschwand auch Trinkwasser, das sie Gopal gereicht hatte, auf ähnliche Weise. Ständig geschahen weitere unerklärliche Dinge, noch unglaublichere sogar – so dass wir manchmal unseren eigenen Sinnen nicht trauten.

BHOJRAJ (*ein wenig unsicher geworden*): Unglaublich! ... Aber entschuldigt, Raja Sahib – manchmal, wenn man genaue Untersuchungen anstellt …

RATAN SINGH: Ich versichere Euch, das habe ich getan. Und nicht nur ich – da waren ja auch noch ihre Tanten und ihre Mutter. Ich weiß natürlich nicht, ob die Statuette wirklich zum Leben kommt, aber da war irgendein Wesen – daran gibt es nicht den Schatten eines Zweifels. Von faulen Tricks kann jedenfalls nicht die Rede sein, dafür lege ich meine Hand ins Feuer.

BHOJRAJ: Hm – und dann – was habt Ihr getan?

RATAN SINGH: Wir haben gestaunt und versucht, uns das alles zu erklären, was sonst. Aber schließlich mussten wir aufhören, uns klug zu stellen, weil wir in Wirklichkeit ziemlich ratlos waren. Es blieb uns nichts übrig als zu hoffen, dass alles nicht so schlimm war, wie es aussah, und irgendwie wieder in Ordnung käme. (*seufzend*) Aber es wurde immer schlimmer, bis die Sache wirklich ernst wurde, als sie anfing, die Bewerber abzuweisen, die von ihrem Singen und Tanzen angelockt worden waren, von ihrer Schönheit ganz zu schweigen. Wir haben alles versucht, sie zur Vernunft zu bringen, aber ... nun ja ... (*er schüt-*

telt den Kopf und lächelt matt) Wisst Ihr, wie sie sein kann?

BHOJRAJ (*nickt*): Allerdings! Auf meine Kosten habe ich es erlebt.

RATAN SINGH (*ergreift beide Hände* BHOJRAJS): Ich möchte Euch um etwas bitten, Prinz! Ich habe das Gefühl, Ihr seid als unser Retter gekommen. Ihr werdet doch nicht vorschnell aufgeben, oder doch? Niemand außer Euch kann sie erlösen aus dieser –

BHOJRAJ(*verbeugt sich förmlich*): Eine Motte braucht keinen besonderen Ansporn, damit sie die Flamme umschwirrt, Raja Sahib! (*leise*) Aber ich würde es an Eurer Stelle nicht mit Drohungen und Diskussionen versuchen. Hier braucht es –

RATAN SINGH: Ich weiß, Geduld und Taktgefühl.

BHOJRAJ: Nein, das genügt nicht. Sie muss irgendwie zu der Einsicht gebracht werden, dass ihr Gopal über ihre Heirat erfreut wäre. Aber darum kümmern wir uns später. (*er wirft einen kurzen Blick auf* MIRA, *die mit dem Gesicht nach unten auf dem Teppich liegt*) Besser, Ihr beschwichtigt sie jetzt. Ich warte draußen, gleich hinter der Tür. (*er erreicht die Türschwelle, wendet sich um und sagt laut*) Bitte sagt ihr, dass ich sehr unglücklich bin und dass es allein mein Fehler war, was geschehen ist. Ich entschuldige mich uneingeschränkt. (*er geht hinaus und bezieht Stellung hinter der Tür*)

RATAN SINGH, *nun allein, bleibt ein Weile nachdenklich stehen. Als er sich dann mit einem Seufzer umwendet, sieht er* MIRA, *wie sie – anscheinend ohne seine Anwesenheit zu bemerken – vom Boden aufsteht und zu der* STATUETTE *geht. Unfähig zu einem Entschluss schaut er ihr zu, wie sie sich vor den Altar setzt und ihre Stirn auf die Füße der* STATUETTE *legt. Er tritt auf sie zu und will sie gerade ansprechen. Als er sie aber leise sprechen hört, beschließt er abzuwarten. Er steht nun genau hinter ihr und hört aufmerksam zu.*

MIRA (*halblaut betend*): Oh Gopal! Warum kommst du nicht? Ich warte und warte – vergebens. Und du sagtest, du hättest mich lieb! (*bitter*) Was für eine Liebe ist das, die keinen Finger rührt, die kühl-distanziert fernbleibt, wenn die Geliebte verzweifelt ist? Hast du mir nicht immer wieder versichert, ich sei deine geliebte Freundin und Spielgefährtin? Ich habe gehört, dass du der Herr der drei Welten bist, aber zu mir bist du nicht als Herr der Welt gekommen, sondern als Freund und Kamerad. Ich hatte auch nie das Bedürfnis, dich als den Schöpfer zu sehen. Ich kenne dich nur als den, der mir lieber ist als Vater und Mutter, Brüder und Schwestern. Und jetzt kommt ein vornehmer Prinz, um mich von dir fortzunehmen – und für dich ist das nur ein Scherz. Es heißt, du kennst jeden Gedanken in unseren Herzen, jeden Wunsch, jedes Beben. Wieso kannst du dann nicht erraten, was ich jetzt durchmache – diese Folter, diesen Sturm, diese Verzweiflung? Was habe ich getan, Gopal, dass du so unbeteiligt fernbleibst und an deinem eigenen grausamen Spiel Spaß hast? Welches Verbrechen habe ich begangen? Ich habe ihm nur gesagt, dass ich ihn mag. Ist das der Grund, weshalb du mich plötzlich verlassen hast? Aber was war daran schlimm? Ist es denn in deinen Augen schon Untreue, wenn man einen großmütigen, gutaussehenden, kultivierten und verständnisvollen Mann mag? Das kann ich nicht glauben. Oh, warum antwortest du nicht? Jetzt brauche ich dich dringender denn je! Siehst du denn nicht, was auf dem Spiel steht? Wie soll ich einen Mann heiraten, wenn ich fühle, dass ich ihn nicht lieben kann; und andererseits: Vater liebt mich so sehr – oft sagt er, er würde sich das Leben nehmen, wenn ich mich weigerte zu heiraten. Bis jetzt habe ich auf meinem Nein beharrt, aber wer weiß, was nun geschieht? Wird mein Vater nicht vor aller Welt gedemütigt? Wie kann ich ihn enttäuschen, wenn er sich so allein und hilflos fühlt? Oft sagt er, er lebe nur, um mich glücklich verheiratet zu sehen. Oh komm doch, sprich! Ich will tun, was immer du mir sagst. Nur quäle mich jetzt nicht noch länger.

Hoffnungsvoll wartet sie eine kurze Weile, dann beginnt sie heftig zu schluchzen, wobei sich ihr ganzer Körper schüttelt. RATAN SINGH wischt sich die Augen, bleibt aber bewegungslos stehen. Er sieht unschlüssig aus. Dann gibt er sich einen Ruck, sein Gesicht hellt sich auf, und er tritt entschlossen voran.

RATAN SINGH (*legt ihr seine rechte Hand sanft auf den Kopf und sagt mit verstellter Stimme*): Ich bin gekommen, Mira! Ich will dir sagen, was du tun musst, aber nur unter einer Bedingung: Halte die Augen geschlossen, schau in dein Herz und dann sage mir, ob du ein für allemal bereit bist zu tun, was ich dir sage.

MIRA (*zitternd, aber mit geschlossenen Augen*): Ich brauche nicht in mich hineinzuschauen, Gopal. Ich werde dir bedingungslos gehorchen.

RATAN SINGH (*weiterhin mit verstellter Stimme*): Berühre meine Füße mit den Händen – ich spreche jetzt durch die Statuette – sprich dreimal mit geschlossenen Augen meinen Namen und gib dein Wort, dass du meinen Willen tun wirst.

MIRA (*folgsam*): Ich verspreche es Gopal: Ich werde es tun, ich werde es tun, ich werde es tun.

RATAN SINGH: Dies ist mein Befehl: Ein Mädchen muss heiraten und seine Pflicht dem Ehemann gegenüber erfüllen. Ich habe die Welt nicht erschaffen, damit man vor ihr in eine Höhle flüchtet.

MIRA (*Ein Zittern geht durch ihren Körper*): Ich ... ich werde heiraten, Gopal, komme was will.

RATAN SINGHS *Gesicht strahlt vor Freude. Das Strahlen erlischt im nächsten Moment, als* MIRA *in konvulsivisches Schluchzen ausbricht.*

RATAN SINGH: Mira! ... Mira! ... Mira! ...

Er hält sie fest, als sie plötzlich bewusstlos niedersinkt, während zugleich BHOJRAJ *eintritt.*

RATAN SINGH: Sie ist ohnmächtig geworden. Helft mir bitte ... Ich will sie hier auf den Diwan legen.

Sie tragen sie gemeinsam zum Diwan in der Ecke. RATAN SINGH *setzt sich neben sie und legt ihren Kopf vorsichtig auf seinen Schoß. Er gibt* BHOJRAJ *einen Wink, der daraufhin einen neben dem Altar liegenden Fächer holt.*

RATAN SINGH (*ihr Luft zufächelnd*): Sie kommt bald wieder zu sich, Prinz. Es gibt keinen Grund zur Besorgnis.

BHOJRAJ (*ergriffen*): Raja Sahib! (RATAN SINGH *schaut ihm in die Augen*) Ich kann Euch gar nicht sagen ... Ich habe keine Worte ... aber ... ich schwöre bei meinem Schwert ... (*er zieht sein Schwert aus der Scheide, senkt den Kopf und berührt es mit der Stirn*) ... dass ich mein Bestes tun werde ... um der großen Ehre würdig zu sein, die Ihr mir erwiesen habt.

RATAN SINGH (*berührt* BHOJRAJS *Kopf mit der Handfläche*): Und ich segne Euch, mein Sohn. Und ... (*seine Augen glänzen feucht*) ... möge Er dem Vater gnädig vergeben, ... falls ... falls...

Er bedeckt sein Gesicht mit den Händen, während

DER VORHANG FÄLLT

3. Akt

Elf Jahre sind seit MIRAS *Vermählung mit* BHOJRAJ *vergangen, der jetzt Maharana ist, der König von Mewar, mit der Hauptstadt Udaipur, der berühmten wunderschönen Stadt der Seen und Burgen. Wenn sich der Vorhang öffnet, sieht man ihn im Schatten eines Banyanbaums auf einer Marmorplatte sitzen. Schauplatz ist der auf einer Landzunge angelegte Palastgarten, von dem man eine gute Aussicht auf den See hat. Er ist Anfang dreißig, ein auffallend gutaussehender Mann, kräftig gebaut und von würdevoller Haltung. Aus einem Brunnen sprudelt ein Wasserstrahl, in dem sich die Strahlen der Morgensonne in allen Farben brechen. Plötzlich horcht er auf: Man hört* MIRA *in dem privaten goldenen Tempel Gopals singen, der für sie gebaut worden ist. Er nähert sich dem Tempel, bleibt dann stehen und hört gebannt zu. Von dort, wo er steht, kann er gut beobachten, wie* MIRA *im Tempel tanzt. Er stößt einen Seufzer aus, während er ihr wehmütig zuschaut. Sie ist ganz auf die Gopal-Statuette konzentriert und singt, ohne seine Anwesenheit zu bemerken:*

> *Lass mich dir dienen, Herr,*
> *selbstlos und hingegeben.*

Deine Magd lass mich sein, einen Kranz dir zu winden.
Deine blühende Schönheit wird meine Seele erheben,
dein Blick mich wecken aus tiefschwarzer Nacht.
Mit jedem Atem wiederhole ich deinen Namen,
wenn du dein Ja-Wort mir gibst.
Ich will dein treuer Schatten sein, der nimmer dich verlässt,
empfange gern, was du auch gibst, dich, dich zu gewinnen allein.
Ich will dir angehören, mein Herz lege ich nieder vor dir,
deinen Liebreiz will ich besingen auf allen Straßen und Wegen.
Manche beten verzweifelt zu dir, erhoffen deine Gaben sofort.
Manche begehren Erkenntnis, andere der Entsagung Glut.

Mira, deine Magd, erklärt: dein reines Mitgefühl nur rettet uns.
Zu deinem Sonnenaufgang weint sie froh im Liebeslied-Gebet.
Trunken-selig träumt sie von dir, dem göttlichen Flötenspieler,
mit Pfauenfedern und Blüten gekrönt, umstrahlt von lichtem Gold.
Wenn du mein Herz erfüllst, was ersehnen meine Augen dann noch?
Aus Leid und Wirrsal führe mich ans Ufer des Flusses der Liebe.

Wenn das Lied zu Ende ist, stößt BHOJRAJ *einen Seufzer aus und schlendert grüblerisch zum Brunnen zurück. Plötzlich hört er Schritte hinter sich, erschrickt und wendet sich um. Seine etwa 35jährige Schwester* UDAYBAI *erwidert seinen finsteren Blick mit einem aufgesetzten Lächeln.*

BHOJRAJ (*unwirsch*): Hast wohl wieder frischen Klatsch zu verkaufen, nehme ich an?

UDAYBAI (*vorwurfsvoll*): Ein König sollte nie so ungnädig sein, Bruder! (*nach einer Pause*) Er sollte verzeihen können.

BHOJRAJ: Und die Lästermäuler beschützen, vermute Ich? Sprich weiter.

UDAYBAI: Sei doch nicht so streng, Bruder. Vikram hat es doch nur als Scherz gemeint.

BHOJRAJ (*gereizt*): Das nennst Du einen Scherz, sie mit dummem Geschwätz über ihre Moral aus der Fassung zu bringen?

UDAYBAI (*protestiert*): Wie überempfindlich du in letzter Zeit geworden bist! Vikram sagte mir, dass er es nur gut gemeint hat. Uns kannst du zum Schweigen bringen, aber deinen Untertanen kannst du nicht den Mund verbieten. Die Leute *werden* reden, solange sie Zungen im Mund haben.

BHOJRAJ (*schroff*): Und ein paar andere werden die Klatschmäuler in Schutz nehmen, solange ihnen noch etwas zur Rechtfertigung der Gemeinheit einfällt. Das kannst du wohl hinzufügen.

UDAYBAI: Du bist ungerecht, Bruder. Leute von Rang und Würde werden nun einmal mit Vorliebe kritisiert.

BHOJRAJ: Versuche nicht, den Schmutz zu übertünchen, Uda! Du weißt, dass ich offene Kritik nie gescheut habe. Aber zu behaupten, dass sie ihre Nächte im Tempel mit einem etwas handfesteren Partner verbringt als mit ihrem Gopal – und Vikram muss ihr das natürlich gleich mit hämischer Freude weitererzählen – ein vielversprechender Leckerbissen für die Neugier des Pöbels –

UDAYBAI (*unterbricht ihn*): Sei doch um Himmels Willen nicht so unklug! Vikram hat doch nur gesagt, was wirklich stimmt: dass die Leute reden, weil sie die meiste Zeit im Tempel ist und dich und ihre Verpflichtungen im Haus vernachlässigt. Du darfst nicht so empfindlich sein. Als König müsstest du doch wissen, dass eine Königin nicht nach Belieben ihren Launen nachgeben kann. Sie muss in erster Linie Königin sein. Die Frömmigkeit kann später kommen.

BHOJRAJ (*streng*): Ich bin nicht in der Stimmung, mit jedermann zu diskutieren, welche Pflichten eine Königin hat und was sie tun darf oder nicht. Ich will dir nur eins sagen: wenn du glaubst, *du* hättest das Recht, dich in Dinge einzumischen, die dich nichts angehen, dann irrst du dich. Habe ich mich klar ausgedrückt?

UDAYBAI (*aufbrausend*): Bevor *sie* gekommen ist, hat man solche Wutausbrüche von dir nicht gekannt. Vikram hat recht: Sie hat deinen Verstand ganz hinterhältig vergiftet und dich völlig blind gemacht. Sonst hättest du selbst gesehen, was so offen zum Himmel schreit.

BHOJRAJ (*vernichtend*): Ich sehe, was ich will! Und etwas so Widerwärtiges, dass es zum Himmel schreit, übersehe ich lieber. Ob ich nun scharfe Augen habe oder nicht – jedenfalls habe ich nicht den leisesten Wunsch, meine Augen gegen deine oder die anderer Kleingeister zu tauschen.

UDAYBAI bricht in Tränen aus, während MIRA *hinter ihrem Rücken mit einem Korb voll Blumen aus dem Tempel kommt. Als sie* UDAYBAI *sieht, läuft sie freudig auf sie zu, bleibt dann aber plötzlich stehen, als sie bemerkt, dass* UDAYBAI *weint.*

UDAYBAI (*hat* MIRA *an ihrem Schritt erkannt*): Gut, Bruder, morgen reise ich nach Chittore ab, und ich bin sicher, dass Vikram meinem Beispiel folgen wird.

MIRA (*versperrt ihr den Weg*): Aber warum, Schwester, was ist denn los?

UDAYBAI (*scharf*): Ach, Schluss jetzt! Lass mich vorbei!

Wütend geht sie an MIRA *vorbei und ab.*

MIRA: Warum das, Raj? Was ist geschehen?

BHOJRAJ (*gelassen*): Nichts. Ich habe ihr nur etwas zu schlucken gegeben, das ihr nicht geschmeckt hat. (*bitter*) Oh diese Frauen! Glattzüngig vor deinem Gesicht und Lästermäuler, sobald man ihnen den Rücken zukehrt!

MIRA (*legt ihm sanft die Hand auf die Schulter*): Sprich doch nicht so unfreundlich über deine eigene Schwester, Raj! Sie hat es bestimmt nicht so gemeint.

BHOJRAJ: Mira, du bist von Natur zu großmütig, um die Gemeinheit überhaupt zu erkennen. Sie sagt, sie geht fort. Soll sie gehen, und Vikram auch – was kümmert es mich. (*wutentbrannt*) Dieser Lügner! Erzählt ihr, du seiest beleidigt, weil du keinen Spaß verstündest. Du weißt wohl nicht, was sich da zusammenbraut?

MIRA (*nach einer Pause*): Ich weiß mehr, als du ahnst, Raj! Aber trotz allem muss ich dich bitten, ihnen zu verzeihen.

BHOJRAJ: Warum musst du? Macht dir das denn gar nichts aus? Sage es mir ganz offen.

MIRA (*mit einem Seufzer*): Ich wünschte, ich könnte sagen, dass mir diese Verleumdungen nichts ausmachen. Aber ich kann es nicht, weil ich – (*mit funkelnden Augen*) – weil ich Falschheit verabscheue. Deshalb hasse ich es auch, die Königin zu spielen, die über jede Verletzung erhaben ist. In Wirklichkeit bin ich als Frau zu stolz, Mitgefühl zu suchen und gleichzeitig zu schwach, darauf zu verzichten.

BHOJRAJ (*bekümmert*): Nun komm, lass uns nicht wieder an die alte Wunde rühren. (*er ergreift ihre Hände*) Ich habe das Thema ja nicht aufgebracht. (*er küsst ihr die Hände*) Ich gebe mir solche Mühe, dich glücklich zu machen, Mira!

MIRA (*wischt eine Träne ab*): Ich weiß, Raj! Und ich versuche ja auch, alles etwas leichter für dich zu machen. Aber – (*sie zieht ihre Hand zurück*) – wie die Tage so vergehen, habe ich immer stärker das seltsame Gefühl ... dass ich vielleicht nicht hierher gehöre und dass ich deshalb allen ein Dorn im Auge bin.

BHOJRAJ: Aber bitte, Mira! Ich warne dich, ich beschwöre dich, überlass dich nicht solchen Gedanken, weil es einfach nicht wahr ist. Der König von Mewar hat dich als sein schönstes Juwel willkommen geheißen.

MIRA (*schüttelt den Kopf*): Nein, Raj, du weißt selbst, dass das nicht stimmt, und eben deshalb bin ich so oft verzweifelt ... Dein nobler Charakter verbietet dir sogar, das bisschen Erleichterung zu suchen, das man empfindet, wenn man seinen Kummer jemandem anvertrauen kann.

BHOJRAJ (*zart*): Aber ich wiederhole, und ich bleibe dabei: Ich habe keinen Kummer. Das einzige, was ich ehrlich zugeben muss, ist ... aber lassen wir das. (*er ergreift wieder ihre Hände*) Du glaubst doch bestimmt nicht, ich rede nur so daher, wenn ich sage: Meine beste Eigenschaft ist, dass ich das Unvermeidliche tapfer annehme. Ich meine – (*er senkt die Stimme*) – ich habe mein Versprechen gehalten.

MIRA (*mit bewegter Stimme*): Ich weiß, Raj! (*sie erwidert

seinen Händedruck) Aber kannst du nicht verstehen ... oder dir vorstellen, warum gerade das mir so schwer auf dem Gewissen lastet? Du hast dein Wort gehalten, zumindest hast du diese Genugtuung, aber wie steht es mit der Frau, die unmittelbar vor der Hochzeit solch ein Versprechen fordern musste? Kann sie glücklich darüber sein, dass sie nicht dazu bestimmt ist, ihrem so großherzigen und rücksichtsvollen Gemahl das zu geben, was als Frau ihre bloße Pflicht, sogar ihr Vorrecht ist?

BHOJRAJ (*nach einer Pause*): Nun lass uns nicht übertreiben. Ich muss zwar zugeben, dass ich enttäuscht war, aber ehrlicherweise kann ich nicht sagen, dass ich mich nun nach dem Unerreichbaren verzehre.

MIRA (*traurig*): Das sagst du nur, um mich zu trösten.

BHOJRAJ (*schaut sie gefasst an*): Nein, Mira, ich will natürlich nicht behaupten, dass es leicht für mich gewesen wäre – aber lassen wir das ... Eins ist jedenfalls sicher: Ich habe durch das Leben mit dir gelernt, das Unabänderliche nicht zu bedauern, sondern lieber guten Mutes zu sein und dankbar für alles, was man in dieser Welt bekommt.

MIRA (*gequält*): Ach Raj, lass das doch! Lieber würde ich mir bittere Vorwürfe von dir anhören als diese Dankbarkeit, die du immer betonst. Ich kann zu meiner Entlastung nur sagen, dass ich dich davor gewarnt habe, mich für etwas anzusehen, das ich nicht sein kann.

BHOJRAJ (*mit gespielter Heiterkeit*): Ach, Unsinn! Du bist dazu geboren, Königin zu sein, und das bist du auch geworden. Außer ein paar verdammten Seelen wie Vikram und Kleingeistern wie meiner Schwester freut sich jeder in Mewar über deine Lieder. Du hast dem Thron von Mewar Glanz und Ruhm gebracht. Deine Lieder werden in jedem Haus gesungen, und alle, bis auf einige Leute, deren Herzen vor Neid schwarz sind, sind voller Freude, dass der

Herr der Welt selbst kommt, um dich die Lieder zu lehren.

MIRA (*lächelt traurig*): Gut, gut, Raj! Ein großzügiges Herz ist etwas Schönes, aber diesen blinden Eifer, der auf Fallgruben nicht achtet, kann man wohl kaum begrüßen. Du weißt genau, wie wenige von denen, die begeistert tun, wirklich an den glauben, der diese Begeisterung hervorruft: an meinen Gopal.

BHOJRAJ: Mira, ich bitte dich, sprich nicht so! Zynismus passt absolut nicht zu dir.

MIRA (*herzlich*): Ich bin nicht zynisch. Wie könnte ich zynisch sein, nachdem ich dich kennengelernt habe, deine Großherzigkeit und deinen Mut? Allein die Tatsache, dass ich dich so akzeptiert habe, wie du bist, zeigt doch, dass ich glauben und vertrauen kann. Und jemand, der Vertrauen hat, ist auf keinen Fall ein Zyniker.

BHOJRAJ (*errötend*): Du kannst sehr lieb sein, wenn du willst, Mira, und das weißt du auch. Ich muss deshalb, fürchte ich, noch einmal wiederholen: An mir ist etwas, das dich dazu gebracht hat, mich mit all meinen Beschränkungen anzunehmen ... (*er unterbricht sich und schüttelt traurig den Kopf*) ... aber ich hatte nie das Gefühl, *dich* zu verdienen.

MIRA (*unglücklich*): Sag das doch nicht, Raj! Ich bin auch nur ein Mensch wie die anderen. Vielleicht bin ich wirklich ein bisschen besser ausgestattet auf die Welt gekommen als mancher andere, aber letzten Endes heißt hier auf der Erde geboren zu werden, dass man eingepfercht ist. Sein Leben lang ist man Gefangener in den eigenen Grenzen.

BHOJRAJ: Da gibt es aber doch große Unterschiede! Weißt du, was ich so stark empfand, als du vorhin gesungen hast? Ein tiefes Bedauern, dass ein so menschliches und hinreißendes Wesen so unirdisch, ... so ... unerreichbar ist.

MIRA (*schaut ihn fest an*): Das sagst du, Raj, aber dein

Herz meint etwas anderes. Wie kann ich so unirdisch für dich sein, wenn du noch nicht einmal glaubst, dass mein Gopal wirklich existiert?

BHOJRAJ (*traurig lächelnd*): Das ist es ja gerade, weshalb du mir und anderen so unirdisch erscheinst. Du bist in die Welt hineingeboren, und doch gehörst du der Welt nicht an. Sonst könntest du uns Weltlinge auch viel leichter verstehen, wenn wir uns nach etwas sehnen, das jenseits unseres Horizonts ist. Und doch können wir es nicht glauben, wenn das große Wunder geschieht und das unendlich weit Entfernte nahe herbeikommt. (*Er nimmt wieder ihre Hand*) Aber wer weiß, vielleicht ist genau das der Grund, weshalb du uns so emporhebst – so wie mich heute ein freudiger Schauer überlief, als ich dich in deinem Tempel tanzen und singen sah. Nein, Mira, ich lasse mich nicht von meinen Gefühlen wegtragen. Was ich heute Morgen erlebt habe, war so konkret, dass selbst meine hartnäckige Skepsis kapitulieren musste. Es war ein Gefühl von ... wie soll ich mich ausdrücken? ... von Ehrfurcht. Man empfindet sie, wenn man mit etwas Unbegreiflichem konfrontiert ist, nach dem man höchstens die Hände ausstrecken kann. Das Merkwürdigste daran ist, dass selbst dieses Misslingen kein Fehlschlag ist, denn etwas von dieser Ehrfurcht bleibt. Ehrfurcht vor etwas so Reinem und Makellosem, dass man es nicht für wirklich halten kann, aber es ist auch zu lebendig, als dass man seine Existenz leugnen könnte. Nein, du musst mir heute zuhören. Ich bin traurig und zugleich voller Freude, denn gerade heute Morgen habe ich stärker denn je gespürt, wie die Verbindung mit dir – oder vielmehr das, womit ich nicht in Berührung kommen konnte – mich so geläutert hat, dass es mir selbst ein Rätsel ist. Allerdings hat mich dieses Gefühl nicht immer glücklich gemacht. Früher hat es mich sogar oft verbittert und verletzt – manchmal bis an den Punkt, dass ich fast alle Beherrschung über Bord geworfen hätte, um zu bekommen, was ich wollte. Aber im entscheidenden Moment wagte ich es doch nicht, Amok zu laufen – einfach weil *du* es bist. Du hast die Ehrfurcht in mir erweckt, die man nur empfindet, wenn man etwas Heiligem gegenübersteht.

MIRA: Nun hör aber auf zu phantasieren – als ob ich eine Art Heilige wäre.

BHOJRAJ: Vielleicht bist du keine Heilige im üblichen Sinn, aber – soll ich es dir einmal sagen? Etwas von deinem Gopal hat dich durchtränkt, vielleicht eine Art Rausch. Als ich dich heute Morgen sah, habe ich etwas ebenso Erregendes empfunden, Mira, etwas, wofür ich keine Worte finde. Ich kann nur sagen, dass das Gefühl religiöser Verehrung nahe kommt. Nacht für Nacht hast du in deinem Tempel getanzt und nie bemerkt, dass ich gleich draußen vor der Schwelle saß und Wache hielt ... Doch wie kam es, dass mir nie die Augen vor Schläfrigkeit schwer wurden – nicht für einen Moment? Nur weil *du* es warst, weil ich in dir etwas sah, wovon ich vorher keine Ahnung hatte.

MIRA: Still! Vikram kommt.

BHOJRAJ *verzieht das Gesicht schmerzlich und wendet ihm den Rücken zu.* MIRA *hebt ihren Blumenkorb auf und geht ein paar Schritte auf den Tempel zu.*

VIKRAM *(versperrt ihr den Weg)*: Schwägerin, sei nicht so hart zu einem reumütigen Sünder.

MIRA *(kühl)*: Du hast meine Nachsicht doch wohl nicht nötig.

VIKRAM *(kläglich)*: Da ist nicht wahr. Es ist wichtig, dass du mir verzeihst. Heute Nacht ist mir dein Gopal in einem Alptraum erschienen, weil ich dich beleidigt hatte.

BHOJRAJ *(schneidet ihm das Wort ab)*: Rede keinen Unsinn.

Ihr Gopal hat Besseres zu tun, als sich mit Schwachköpfen wie dir abzugeben.

VIKRAM (*unterwürfig*): Du hast ganz recht, Bruder. Trotzdem muss sie mir verzeihen. Ich habe schreckliche Angst. (*er fällt ihr zu Füßen*)

MIRA (*vergisst ihren aufgestauten Groll*): Ach, Bruder, lass das doch! (*sie hilft ihm aufzustehen*) Wenn es mir überhaupt etwas ausgemacht hat, dann nur, weil ... aber lass es gut sein. (*sie klopft ihm freundschaftlich auf die Schulter*) Ich versichere dir, dass mir der Schreck, den du mir versetzt hast, jetzt weniger leid tut, als der Gegenschlag, der dir so zugesetzt hat.

VIKRAM (*mit zitternder Stimme*): Und wie es mich gebeutelt hat, Schwägerin! Wenn du wüsstest, durch welche Hölle ich gestern gegangen bin! Ich sage dir, das war kein gewöhnlicher Traum. (*er schaudert*) Ich fühlte mich, als wäre mir jeder Blutstropfen zu Eis erstarrt. (*demütig faltet er die Hände*) Du musst mir versichern, dass du mir vergeben hast.

MIRA (*ergreift seine Hände*): Lass alle Zweifel fallen, Bruder. Ich bin froh, dass du Reue zeigst. Nicht so sehr, weil ich mich persönlich verletzt fühle, sondern weil du dich gegen etwas Heiliges versündigt hast.

VIKRAM: Schwester, du bist mein guter Engel ... du bist ... ich wusste gar nicht, wer du bist – ich blinder Halunke! Ich verspreche dir, dass so etwas nie wieder geschehen wird ... Oh, bete zu Gopal, dass er Erbarmen mit mir hat. (*er bedeckt sein Gesicht mit den Händen*)

BHOJRAJ (*klopft ihm auf die Schulter*): Nun komm, Vikram! Irren ist menschlich. Aber letzten Endes zählen nicht die Irrtümer, sondern wie weit man durch sie klüger wird. Nun lass uns hören, was du geträumt hast.

VIKRAM (*atemlos*): Mein Gott, es war fürchterlich! Ich ...

ich sah mich selbst im Tempel ... Mira tanzte ... Uda saß neben mir ... sie zog wie üblich über Mira her, sie sei ein schlechtes, untreues Weib. Ich ergänzte: „Und eine Schwindlerin obendrein." Da geschah es – blitzschnell. Ich sah plötzlich, wie sich die Statuette Gopals in Mutter Kali verwandelte, mit einem blitzenden Krummsäbel in der Hand, von dem das Blut tropfte. Und dann (*Er schaudert zusammen*) knirschte sie mit den Zähnen und wuchs und wuchs, bis ihr Kopf die Decke berührte! Was für ein entsetzliches Lachen sie dann ausstieß! Ich fiel ... fiel ihr vor die Füße. Aber sie brüllte nur noch lauter, und dann durchstach sie Udas Hals mit ihrem Schwert. (*Seine Stimme ist jetzt vor Entsetzen heiser.*) Dann stürzte sie sich auf mich und schlug mir mit einem einzigen Streich den Kopf ab. Ich sah meinen eigenen Kopf über den Boden rollen! Und sie lachte immer weiter. Oh Schwägerin! (*Er lacht hysterisch.*)

BHOJRAJ (*schüttelt ihn*): Vikram – Vikram –

VIKRAM (*schreit auf*): Oh hilf mir, hilf mir, hilf mir ... (*er sinkt ohnmächtig zusammen*)

MIRA (*setzt sich sogleich auf den Rasen und legt seinen Kopf auf ihren Schoß*): Schick nach dem Arzt, Raj!

BHOJRAJ: Besser, wir lassen ihn erst hineinbringen. (*er ruft*) Heda!

Auf den Ruf eilen drei Diener und der Gärtner herbei. Sie salutieren und warten auf Anweisungen.

BHOJRAJ: Tragt ihn hinein! (*sie salutieren wieder und tragen ihn gemeinsam fort*)

BHOJRAJ (*hält MIRA zurück*): Lass ihn. Das wird ihm gut tun.

MIRA: Oh Raj, erlaube mir, ein bisschen nach ihm zu schauen. Lass uns vergeben und vergessen.

BHOJRAJ: Vergeben – auf jeden Fall. Aber vergessen – bestimmt nicht.

MIRA (*vorwurfsvoll*): Wie kannst du so hart sein, Raj, wenn jetzt sein Zustand –

BHOJRAJ (*warnend*): Ich wäre an deiner Stelle ein bisschen mehr auf der Hut, Mira! Ich kenne Vikram besser als du. Er lässt sich von jedem listigen Intriganten mühelos an der Nase herumführen. Deshalb hat ihn diese hinterhältige Uda ja in der Hand. Im Augenblick ist er natürlich am Boden zerstört. Aber ich warne dich: Er ist unglaublich sprunghaft. Für den Moment hat ihn der Schreck gegen ihren Einfluss immun gemacht. Deshalb hat er vorhin gesagt – Gott segne ihn dafür – er wüsste nicht, wer du bist. (*lächelnd*) Eine Bemerkung, der ich aus vollem Herzen zustimme.

MIRA (*tadelnd*): Mach kein Idol aus mir, Raj, das schadet mir nur. Habe ich dir nicht erzählt, was Gopal mir einmal sagte: Man wird sich der Gnade nur in dem Maße bewusst, wie man die eigenen Verdienste vergisst?

BHOJRAJ (*achselzuckend*): Das ist mir zu hoch. Für etwas, das ich nicht verstehe, kann ich mich auch nicht begeistern. Das Heilige kann ich akzeptieren, weil es mir real erscheint, aber Gnade kennt man nur vom Hörensagen. Auf unserem elenden Planeten ist davon nirgendwo ein Zeichen zu sehen.

MIRA: Du darfst dich nicht so verschließen, Raj! Wir verstehen sowieso sehr wenig, aber sollen wir uns deshalb nicht um ein weiteres oder tieferes Verständnis bemühen?

BHOJRAJ: Das habe ich nie gesagt. Ich sage nur, Gnade ist etwas, das man auf bloßen Glauben hin, sozusagen auf Knien, annehmen muss. Es verletzt meine Selbstachtung, mich so zu demütigen. Ein Gnadengeschenk dürfte nicht an Bedingungen geknüpft sein.

MIRA (*seufzt*): Von deinem Standpunkt aus hast du vielleicht recht. (*wehmütig lächelnd*) Trotzdem erinnert mich das an eine Bemerkung Gopals. Ich hatte Ihn gefragt, warum Er Seinen Segen nur einer Handvoll Leuten schenkt. Er antwortete, dass der Mensch noch immer im alten Trott scheinbarer Hilflosigkeit einher lebt, weil er lieber im Gefängnis seines Stolzes elend ist als im weiten Raum der Bescheidenheit glücklich. Deshalb, sagte Er, wehrt sich der Mensch gegen nichts so hartnäckig wie gegen die Gnade. (*sie betrachtet ihn traurig.*) Du sagst, du verstehst nicht, was Gnade ist, Raj! Aber mir ist zumindest eins klar: Du verstehst es nicht, weil du nicht verstehen *willst*; weil du selbst demütig werden müsstest, um auch nur zuzugeben, wie viel Gnade du schon erfahren hast.

BHOJRAJ (*gekränkt*): Du tust mir Unrecht, Mira. Ich sage es dir noch einmal: Gnade muss ich ausschließen, weil –

MIRA (*unterbricht ihn*): Weil es deinem Verstand das größte Vergnügen bereitet, die Einsichten deines Herzens anzuzweifeln. Aber das ist es gerade. Man kann Gnade nicht empfangen, solange man nicht demütig wird. Habe ich dir nicht gestern vorgesungen, was Er selbst mich gelehrt hat?

Sie singt leise:

Wenn du eins mit mir willst werden,
sei eins erst mit dem Staub der Erden.

BHOJRAJ: Oh ja, das Lied hat mir sehr gut gefallen. Singe es noch einmal – ja, ja, jetzt gleich! (*lächelnd*) Wenn du mich wirklich in die Geheimnisse dieser Gnade oder Demut oder was immer einweihen willst, dann singe mehr und predige weniger.

MIRA: Wenn du mir noch einmal unterstellst, ich wollte dich mit meinen Liedern und Predigten in etwas einweihen –

BHOJRAJ: Hör auf, meine Königin: Singe nur, singe aus

vollem Herzen. Das macht mehr Eindruck als gerechte Empörung.

MIRA: Du hast recht. Aber dann warne ich dich. Du bekommst den Eindruck, den du am meisten brauchst: die Demut der Liebe – Radhas Liebe.

Ihr Lächeln verfliegt und ihre Augen glänzen, während sie singt:

> *Vergebens such ich in jedem Hain*
>> *den Einen, der das Herz mir stahl.*
> *Ich kam von weit, deinen[16] Sohn zu sehen,*
>> *nach dem ich mich sehne in Freude und Leid.*
>
> *Der Balsam der Liebe kühlt meine Augen,*
>> *der Liebe Glanz erfrischt meinen Leib.*
> *In der Hand trag ich das Silber des Mondes,*
>> *Girlanden aus Sternen auf meiner Brust.*
>
> *Alle Scheu gab ich auf für den Geliebten,*
>> *meine Seele ruft nur nach Ihm.*
> *Ich kam von weit, deinen Sohn zu sehen,*
>> *nach dem ich mich sehne in Freude und Leid.*
>
> *Meine Armreifen sind das Mondlicht,*
>> *mein Brautkleid das himmlische Blau,*
> *wie Knospen rötet sich meine Stirn:*
>> *Seine Gnade kann alles verzaubern.*
>
> *Ich erschaure vor Ihm in seligem Glück*
>> *wie Pfauen vor blauem Gewölk.*
> *Ich kam von weit, deinen Sohn zu sehen,*
>> *nach dem ich mich sehne in Freude und Leid.*
>
> *Ich Gopi eile von Liebe berauscht,*
>> *zu Seinen Füßen zu ruhen.*

---

[16] Adressatin des Liedes ist Yashoda, Krishnas Pflegemutter.

Der grausame Herr wendet ab Sein Gesicht –
meine ewige Liebe achtet Er nicht.

Wie kann Radha in Liebe getrennt von Ihm leben,
von Shyam, nach dem ihre Seele verlangt?
Ich kam von weit, deinen Sohn zu sehen,
nach dem ich mich sehne in Freude und Leid.

UDAYBAI *kommt vom anderen Ende des Gartens her.* BHOJRAJ *runzelt die Stirn.*

UDAYBAI (*zu* MIRA): Vikram hat hohes Fieber. Er möchte mit dir sprechen.

BHOJRAJ (*tritt dazwischen*): Sie ist jetzt nicht zu sprechen.

UDAYBAI (*bittend*): Er ist halb wahnsinnig und ruft immer wieder nach ihr.

MIRA: Lass mich gehen, Raj, bitte!

BHOJRAJ (*streng*): Nein! (*zu* UDAYBAI) Sie kommt in einer Weile zu ihm. Versuche, ihn zum Einschlafen zu bringen.

UDAYBAI: Du bist hart, Bruder!

BHOJRAJ (*schroff*): Du kannst deine Meinung über mich sagen, wenn ich dich danach frage.

UDAYBAI (*platzt heraus*): Sie ist es, sie, sie, die dir den Kopf verdreht hat. Aber vergiss nicht: Ich bin Prinzessin von Mewar und nicht die Tochter irgendeines Dorfältesten.

BHOJRAJ (*ingrimmig*): Und ich würde an deiner Stelle daran denken, dass BHOJRAJ der Maharana von Mewar ist. Geh mir jetzt *sofort* aus den Augen!

MIRA: Ach Raj!

BHOJRAJ (*winkt sie beiseite*): Ich will dir auch sagen, was ich von dir und deinem ganzen Pack gemeiner, klatschsüchtiger Weiber halte: Ihr seid grün vor Neid und strohdumm dazu. Sonst hättet ihr nicht so lange damit weitergemacht. Du dachtest wohl, mit deinem albernen Geschwätz und niederträchtigem Klatsch könntest du mich gegen sie aufhetzen. Tücke und Bosheit besitzt du ja genug, aber die Vorstellungskraft ist bei dir wohl ein bisschen zu kurz gekommen. Deshalb ziehst du die simple Schlussfolgerung, dass ich als nichtreligiöser Mensch auch die Religiosität der Königin ablehnen müsste. Aber ihr Frauen irrt euch gewaltig, wenn ihr meint, wer gegen tote Traditionen ist, sei auch gegen lebendigen Glauben. Euer schwacher Verstand kann aus seinen starren, schmalen Spuren nicht heraus. Kein Wunder, dass es nicht in eure Köpfe will, wenn ihr jemanden seht, der Dogmen verabscheut, aber sich vor dem Heiligen verneigt. (*Er mäßigt seinen Ärger*) Aber was soll das alles? Das Licht versteht die Finsternis, aber die Finsternis kann über das Licht nur lästern und es ein Märchen nennen.

UDAYBAI *wendet sich weinend um und geht auf den Tempel zu, als ein Diener eintritt und* BHOJRAJ *einen Brief überreicht.* MIRA *bleibt nachdenklich stehen.*

BHOJRAJ (*Sein Gesicht heitert sich auf*): Eine wunderbare Nachricht, Mira! Tansen ist gekommen und fragt, ob du ihm eine Audienz gewähren würdest.

MIRA (*klatscht in die Hände*): Tansen – der größte Sänger Indiens! Oh! (*zum Diener*) Bringe ihn sofort her.

DIENER (*zu* BHOJRAJ): Hierher, Hoheit, oder in den Empfangssaal?

BHOJRAJ (*scharf*): Wenn die Königin selbst es schon gesagt hat, wozu fragst du dann noch? Ach, und bring den Wandschirm und zwei Teppiche.

Der Diener eilt davon.

MIRA (*mit freudig glänzenden Augen*): Oh Raj, klingt das nicht wie im Märchen?

BHOJRAJ: Was?

MIRA: Denk doch nur: Der berühmte Tansen, der vorzüglichste Sänger und Komponist von ganz Hindustan – er wird tatsächlich für uns singen!

BHOJRAJ (*scherzhaft*): Weshalb willst du den armen König hier festhalten, wenn Tansen gekommen ist, um der großen Königin zu huldigen?

MIRA (*stirnrunzelnd, aber nicht missmutig*): So etwas darfst du nie sagen, nicht einmal zum Spaß.

BHOJRAJ: Ich habe keinen Spaß gemacht. Sein Herz klopft nicht vor Aufregung, weil er einen flüchtigen Blick auf so eine prosaische und uninteressante Person wie mich werfen will. Hör zu (*Er liest den Brief vor*):

„Maharana, ich habe einige von der Maharani Mirabai von Mewar komponierte Lieder gehört, von der gesegneten Sängerin und Gottliebenden, die schon zu Lebzeiten eine legendäre Gestalt geworden ist. Ich würde es als große Gunst ansehen, wenn sie mir gnädig eine Audienz gewähren würde, und sei es auch nur hinter einem Vorhang[17], so dass ich der verehrungswürdigen Heiligen meine Achtung erweisen kann – "

MIRA (*unterbricht*): Genug, Raj! Vorläufig möchte ich noch nicht verehrt werden.

BHOJRAJ (*heiter*): Genauso gut könnte die Blume sagen: „Ich will nicht, dass mich die Bienen umschwärmen." (*er schüttelt in gespieltem Ernst den Kopf*) Es nützt alles nichts, Mira, selbst der weise Dichter ist gegen dich, der in erhabenen Sanskritversen verfügte:

---

[17] Im mittelalterlichen Indien wurden die Frauen, insbesondere der höheren Klassen, vom öffentlichen Leben ferngehalten. Vor den Blicken nicht zur Familie gehörender Männer wurden sie durch einen Vorhang (*Purdah*), Wandschirm o. Ä. geschützt.

Ehre dir, König, an deinem Hof!
Ehre dir, Künstler, allüberall!

MIRA: Schäm dich, Raj, so mit dem Vers umzuspringen. Der Seher sagte: „dem Weisen", nicht „dem Künstler".

BHOJRAJ: Aber wenn dein Gopal nun den Künstler zum weisesten der Weisen erklärte? Jedenfalls finde ich, dass ein einziges Lied von dir mehr wert ist als zwanzig Kanzelpredigten. Ah, da sind sie!

Die Diener eilen herbei, einer mit einem Wandschirm, der andere mit zwei Teppichen.

BHOJRAJ: Gut. Rollt einen Teppich hier im Schatten aus und den anderen hinter dem Schirm für die Maharani. Den Schirm dorthin, nein, neben den Teppich. Ja, so, aber nicht zu nah daran – was für ein Schwachkopf du bist – etwas weiter nach dort, etwa einen Meter vom Teppich entfernt. Ja, so ist es richtig. Jetzt könnt ihr ihn hereinführen. Mira – !

MIRA *nimmt hinter dem Wandschirm Platz, während* TANSEN *zum Haupttor des Gartens hereinkommt.*

TANSEN (*verneigt sich vor* BHOJRAJ): Ehre sei Allah! (*während* BHOJRAJ *ihn freundlich lächelnd zum Teppich führt, wendet er sich* MIRA *zu, die er durch das feine Musselintuch des Wandschirms sehen kann*) Dies ist wirklich ein großer Tag in meinem Leben, edle Königin!

BHOJRAJ (*mit einem schnellen Blick auf* MIRA, *die* TANSEN *mit einem stillen Nicken antwortet*): Nehmt Platz, großer Sänger!

TANSEN (*sich nach Muslimart verneigend*): Niemand ist groß außer Allah, Majestät!

BHOJRAJ (*zu* MIRA, *halb im Scherz*): Ein Mann nach deinem Geschmack, Mira. Auch er stellt leider das Unsichtbare höher als das Sichtbare. (*sie setzen sich auf den Teppich*)

MIRA (*nimmt auf der anderen Seite des Schirms auf dem Teppich Platz*): Ich fühle mich sehr geehrt, großer Sänger!

TANSEN (*verneigt sich tief*): Ich fühle mich gesegnet, edle Königin! (*Schweigen*)

BHOJRAJ (*will das Eis brechen*): Ihr kommt jetzt von –?

TANSEN (*selbstbewusst*): Vom Hof des Shahinshah Akbar, des Kaisers von Indien.

BHOJRAJ (*errötend*): Entschuldigt, aber Mewar ist noch frei und wird es immer bleiben.

TANSEN (*gerät aus der Fassung*): Verzeiht. Mit dem Wort Kaiser meinte ich nur –

MIRA (*schaltet sich ein*): Seid unbesorgt, großer Sänger und Dichter! Ihr habt nichts Falsches gesagt, denn für Euch *ist* er ja der Kaiser.

BHOJRAJ (*lenkt ebenfalls ein*): Es tut mir leid ... umso mehr, als Ihr unser verehrter Gast seid.

TANSEN: Bitte, Hoheit, die Ehre ist ganz auf meiner Seite. (*zu* MIRA) Maharani, ich kann Euch gar nicht sagen, wie froh ich bin, dass ich meine aufrichtig von Herzen kommende Huldigung (*er verneigt sich wieder*) einer so hervorragenden, gesegneten Persönlichkeit entgegenbringen darf.

MIRA (*errötend*): Ihr sagtet doch gerade selbst, dass niemand in der Welt groß ist außer Allah.

TANSEN (*schlagfertig*): Das ist wahr, Maharani! Aber der große Allah erfreut sich seiner Größe am meisten, wenn die Gottliebenden in Seinem Licht glänzen. *Ihr* könnt nicht mit der großen Masse gleichgestellt werden.

BHOJRAJ (*erfreut*): Es freut mich, großer Sänger, dass Ihr nicht nur ein Meister der Gesangskunst seid, sondern auch der Schlagfertigkeit!

TANSEN (*verbeugt sich wieder*): Hoheit, ich verneige mich vor Euch, Ihr seid so großmütig. Aber ich wünschte, Ihr hättet ein glücklicheres Wort gewählt als „Kunst".

BHOJRAJ (*überrascht*): Aber wieso, Tansenji?

TANSEN: Weil das Wort „Kunst" für mich einen verdächtigen Beigeschmack hat, Hoheit. Es liegt etwas Unaufrichtiges darin.

MIRA: Das stimmt aber nicht ganz, Tansenji, wenn ich bescheiden widersprechen darf. Was wir auch tun, wir sollten immer Vollkommenheit anstreben. Kunst ist die Wegbereiterin zum Vollkommenen.

TANSEN: Vielleicht ... und doch frage ich mich, ob Kunst, wie man sie üblicherweise versteht, wirklich diesem Drang zur Vollkommenheit entstammt, oder nicht vielmehr dem billigen Wunsch, etwas hübsch Glänzendes vorzuführen, um damit der Menge zu gefallen. Nehmt zum Beispiel die Musik, Maharani: Ich habe viele Sänger gehört, die auf ihre „Virtuosität" stolz sind wie die Pfauen. Aber die Kunst dieser Leute, so vollkommen sie auch erscheinen mag, ist praktisch doch nur ein bloßes Zur-Schau-Stellen von Stimmakrobatik. Deshalb können uns ihre Lieder, trotz aller Kunstfertigkeit, mit der sie sich brüsten, nicht innerlich anrühren. Wie kommt das?

MIRA (*impulsiv*): Weil sie nur mit ihrer Technik prahlen, um bewundert zu werden. Aber, Tansenji, wirkliche Kunst, wie ich sie verstehe, kann niemals aus einem so oberflächlichen Impuls hervorgehen. Sie kann nur aus *Tapasya* entspringen, damit meine ich unermüdliche Selbstdisziplin, um alles, was wir tun, fehlerfrei zu vollbringen. Und was wir auch erreichen, es gewinnt seinen Wert erst in dem Maße, wie es zur Opfergabe für Gopal wird. Er ist wirklich ganz vollkommen, deshalb sollte alles, was wir zu Seinen Füßen darreichen, so vollkommen sein, wie es uns irgend möglich ist. (*plötzlich errötet sie wieder*) Oh verzeiht, Tansenji! Ich hätte mir nicht erlauben dürfen, dem größten Gesangskünstler Indiens zu widersprechen.

BHOJRAJ (*greift ein*): Ja, Tansenji, wir dürfen die einmalige Chance nicht verpassen. Wollt Ihr uns nicht ein Lied singen?

MIRA: Ja, Tansenji! Oh, wie wunderbar! (*sie klatscht in die Hände und wird dann verlegen*) Oh, entschuldigt bitte! Ich bin aus der Rolle gefallen.

TANSEN: Darüber lächelt Allah, Maharani! (*nach einer Pause*) Jetzt weiß ich, warum Ihr gesegnet seid: weil Ihr einfach und reinen Herzens seid – unschuldig wie ein Kind. Dass Ihr dies niemals verliert, darum will ich immer für Euch beten.

MIRA (*scheu*): Ihr macht mich ganz …

BHOJRAJ (*kommt ihr wieder zur Hilfe*): Aber jetzt müsst Ihr uns wenigstens ein Lied vorsingen.

TANSEN (*verneigt sich*): Gewiss, Hoheit! (*zu* MIRA) Gebietet mir, was ich singen soll!

MIRA: Einen Eurer selbstkomponierten Ragas, die Geschichte gemacht haben. (*lächelnd*) Ich habe gehört, dass die schwärzesten Wolken Freudentränen vergießen, wenn Ihr ein Regenlied singt. (*sie schaut zum Himmel.*) Leider ist da oben nicht einmal anstandshalber ein Wölkchen. Jetzt nach der Dürre wäre uns ein bisschen Regen sehr willkommen.

TANSEN (*verneigt sich*): Dann singe ich einen *Malhar*[18].

> *Regen, Regen, Regen,*
> *komm, lindere unseren Schmerz.*
> *Regen, Regen, Regen*
> *lass unser Gebet nicht vergebens sein.*
>
> *Mitgefühl, komm herab,*
> *heile du unser Herz,*
> *erlöse uns von dem Schmerz,*

---

[18] *Malhar*: Raga der Regenzeit. Die Grundmelodien der klassischen indischen Musik sind Tages- und Jahreszeiten zugeordnet.

lass deine Gnade wirken.
Mitgefühl, komm bald herab,
lass unser Gebet nicht vergebens sein.

Wir träumen von den Himmeln, erwachen erdenschwer
  und flehen dann: „Komm und befreie uns!"
Doch wie sollen wir unsere gestutzten
  Wolkenschwingen entfalten?

Horch tief in die Seele auf Seinen Refrain,
  den wir grüßen, doch dann nicht beachten:
„Der weit Entfernte ist uns verwandt,
  jenseits des Uferlosen wartet der Strand."

Doch vermählt mit dem Kerker zögern wir noch,
  dem rettenden Ruf zu folgen.
Oh Grenzenloser, brich auf unser Verlies
  mit machtvoller Donnergewalt.

Während er singt, beginnt MIRA, *den Oberkörper langsam seit-lich hin und her zu wiegen. Ihre Augen werden feucht. Tränen perlen ihr über die Wangen. Schließlich verändert sich ihr Aus-druck: Sie fällt in Trance.*

BHOJRAJ (*schaut* TANSEN *bewundernd an*): Oh, Ihr seid ein begnadeter Sänger, Tansenji!

TANSEN (*zeigt auf* MIRA): Schhh –!

BHOJRAJ (*stolz lächelnd*): Keine Sorge. Auch wenn es jetzt blitzen und donnern würde, ihrem *Samadhi* könnte das nichts anhaben.

Fasziniert betrachten sie ihr entrücktes Gesicht. Sie beginnt nun wieder langsam den Oberkörper zu wiegen. Ihre Züge nehmen den Ausdruck äußerster Konzentration an, dann entspannen sie sich, und ein geheimnisvolles Lächeln umspielt ihre Lippen. Nach einer Weile beginnt sie zu singen, noch immer mit ge-schlossenen Augen:

Ich weiß nicht, wer, nicht was ich bin,
wie kann ich es sagen, mein Freund?
Es ist ein Geheimnis, ich ergründe es nicht,
ein Schleier, der nicht zerreißt.

Manchmal glaube ich, Musik zu sein
aus Seiner verzaubernden Flöte
oder vom Bogen Seines Namens ein Pfeil,
gezielt in die Ewigkeit.

Manchmal glaube ich, ein Lied zu sein,
gesungen von einem Jünger des Herrn,
oder der Sieg, den ein Liebender
freudig verlierend erringt.

Und dann weiß ich: Ich bin ein Nichts –
Er allein ist die ganze Welt.
Ich weiß nicht, wer, nicht was ich bin,
wie kann ich es sagen, mein Freund?
Es ist ein Geheimnis, ich ergründe es nicht,
ein Schleier, der nicht zerreißt.

Manchmal glaube ich, eine Träne zu sein
im Auge Seines Verehrers,
oder Leuchtkäfer auf dem dunklen Pfad
der Pilgerschaft zu den Sternen.

Oder Blumen, zu Seinen Füßen gelegt,
wo unsere Zuflucht ist,
Oder eine Harfe, auf den Klang
Seines heiligen Namens gestimmt.

Und dann weiß ich, ich bin ein Nichts –
Er allein ist die ganze Welt.
Ich weiß nicht, wer, nicht was ich bin,
wie kann ich es sagen, mein Freund?
Es ist ein Geheimnis, ich ergründe es nicht,

ein Schleier, der nicht zerreißt.

Während sie singt, strahlt ihr Gesicht eine immer tiefere Verzückung aus. Plötzlich erhebt sie sich (TANSEN *und* BHOJRAJ *stehen ebenfalls auf) und beginnt nun auch zu tanzen, während sie weitersingt:*

> *Ich bin Mira, die Magd von Brindaban,*
> *Maharani von Mewar genannt.*
> *Doch ich bin Staub auf den Füßen der Heiligen,*
> *Seine Dienerin Tag und Nacht.*
>
> *Als ewiges Spielzeug in Seiner Hand*
> *will Ihm ich mich ganz ergeben.*
> *Am Zweig Seiner Gnade ranke ich mich hoch,*
> *als zarte, verletzliche Pflanze.*
>
> *Und dann weiß ich, ich bin ein Nichts –*
> *Er allein ist die ganze Welt:*
> *Ich weiß nicht wer, nicht was ich bin,*
> *wie kann ich es sagen, mein Freund?*
> *Es ist ein Geheimnis, ich ergründe es nicht,*
> *ein Schleier, der nicht zerreißt.*

MIRA *wiederholt den Refrain noch einige Male, dann setzt sie sich – noch immer in Trance und mit einem glückseligen Lächeln auf den Lippen – still hin.* TANSEN *schaut eine Weile verzaubert auf ihr Gesicht, dann sieht er* BHOJRAJ *fragend an.*

BHOJRAJ (*lächelnd*): Es ist alles in Ordnung. Sie wird gleich aus ihrer Versenkung aufwachen.

TANSEN (*mit belegter Stimme*): Hoheit, ich bin wirklich gesegnet! Ich wünschte nur, mein Herr und Meister, Shahinshah Akbar, könnte auch sehen, was ich sehen durfte.

BHOJRAJ (*schroff*): Tansenji, diesen Wunsch möchte ich nicht noch einmal hören!

TANSEN (*überrascht*): Warum, Hoheit?

BHOJRAJ (*grimmig*): Kennt Ihr denn die Geschichte nicht? (*aufbrausend*) Sind nicht Hunderte von Rajputfrauen lieber gestorben, als sich anstarren zu lassen – von diesen Muslimen?

MIRA (*beruhigend*): Aber, Raj, was soll das alles?

BHOJRAJ (*heftig*): Wieso, hast du nicht gehört, was er gerade sagte? Ein Muslimkönig sollte herkommen und der Maharani von Mewar ins Gesicht schauen? Ist dir nicht der bloße Gedanke unerträglich?

MIRA (*ruhig, aber fest*): Hör zu, Raj, und sei bitte ganz ruhig. Das bist nicht du, der großherzige Mann, den ich bewundere. Lass diesen ungehörigen Zorn nicht deinen klaren Blick und deine angeborene Menschenfreundlichkeit trüben – ich bitte dich darum.

BHOJRAJ (*ironisch*): Ich frage mich, ob deinem Gopal so eine Menschenfreundlichkeit in seinem Tempel gefallen würde?

MIRA (*lächelt*): Dann hör mir zu. Ich will dir etwas erzählen, das ich dir bis heute verschwiegen habe. Einmal hörte ein Mann aus der untersten Kaste, ein Straßenfeger, mir draußen vor dem Tempel zu, während ich drinnen sang. Er war zu Tränen gerührt. Der Priester sah ihn an der Treppe stehen und jagte ihn fort. Er drohte ihm mit öffentlicher Auspeitschung, falls er es noch einmal wagen sollte, meinen Tempel zu entweihen. Zutiefst gedemütigt ging der Mann davon. (*Pause*) Ich hatte drinnen über meinem Singen von alledem nichts bemerkt. Aber als ich danach meine Blumen zu Gopals Füßen darreichte, fielen sie herunter. Ich reichte sie noch einmal dar, und wieder wurden sie zurückgewiesen. In jener Nacht ging ich nicht zu Bett. Ich blieb im Tempel und betete lange. Ich war tief verzweifelt, als schließlich – kurz vor Sonnenaufgang – Gopal durch die Statuette sprach und mir mit ver-

haltenen Tränen in den Augen erzählte, wie der Straßenfeger fortgejagt worden war. Am nächsten Morgen erteil-
te ich dem Priester einen scharfen Verweis und ließ dann
den Straßenfeger holen. Als er kam, sah ich mit offenen
Augen, wie Freudentränen über Gopals Wangen rannen.
(*Sie wischt sich die Augen.*) Und dann – denk dir – fing ich
plötzlich an, im Kreis herum zu tanzen und ich sang...

*Ihr Gesicht hellt sich auf, und mit halbgeschlossenen Augen
singt sie entrückt:*

> *Oh Seele, vermeide den Stolz!*
> *Wie willst du sonst lernen,*
> *den Weg der Liebe zu gehen,*
> *wenn du nicht weißt,*
> *wie man wirbt um die Liebe des Herrn?*
> *Und kennst du die Schriften auch Wort für Wort,*
> *du Narr gehst doch immer fehl.*
> *Solange du nach Schimären jagst,*
> *erreichst du das höchste Ziel nie.*
>
> *Du verschwendest die Zeit in Eitelkeit,*
> *während Schatten sich immerfort mehren.*
> *Verlorene Jahre in flüchtiger Welt*
> *bringt keine Macht dir zurück.*
>
> *Wonach du auch strebst, verlier keine Zeit,*
> *füll dein Herz mit dem Glanz Seiner Gnade!*
> *Möge das Märchen deines Lebens in Liebe*
> *tiefe und wahre Erfüllung nun finden.*
>
> *Wie lange willst du noch wanken, noch warten?*
> *Mira singt: „Diese Stunde ist schicksalserfüllt.*
> *Mit dem Pfeil der Entsagung töte das Ich!",*
> *so rufen die Weisen dir zu.*

TANSEN (*mit leuchtenden Augen*): Allah segne Euch, Maharani! Dies werde ich meinem Herrn berichten.

BHOJRAJ (*bewegt*): Tansenji, ich bitte Euch um Verzeihung ... Ihr seid mein Gast ... Ich hätte mich nicht so vergessen dürfen –

TANSEN (*ergreift* BHOJRAJS *Hände*): Hoheit es ist an mir, um Verzeihung zu bitten. Zum Dank für die große Gunst, die ihr mir erwiesen habt, habe ich Euch, wenn auch unbewusst, beleidigt.

BHOJRAJ (*besänftigt*): Oh bitte, entschuldigt Euch nicht. Ihr werdet mir doch glauben, dass ich es als eine Ehre ansehe, Euch persönlich meine Hochachtung erzeigen zu können. (*er winkt einen Diener herbei*) Du bringst ihn in meiner eigenen Kutsche zum Palast. Und sag dem ersten Minister, er solle die ganze Hofgesellschaft einladen und ankündigen, dass der größte Sänger Indiens heute Abend in der Versammlungshalle singen wird.

TANSEN: Hoheit, Ihr seid die Großmut selbst, aber bitte entschuldigt mich. Ich kann nicht in Eurer Halle auftreten. (*er kommt seinem Einwand zuvor*) Nein, ich versichere Euch, es hat nichts mit dem zu tun, was gerade geschehen ist...

MIRA: Seid Ihr sicher, Tansenji? Falls Ihr noch immer meint, dass Ihr...

TANSEN (*lächelnd*): Maharani! Denkt bitte daran, dass ich als Hindu geboren wurde und dass ich noch gut weiß, wie ich damals über die Muslime dachte. Aber mein Herr, Shahinshah Akbar hat mir gezeigt, wie blind und dumm ich war. (*mit Nachdruck*) Er ist eine große Seele, Maharani! Deshalb hat er von Anfang an erkannt, dass der ein schlechter Muslim ist, der den Glauben eines anderen geringer achtet als den eigenen.

MIRA: Gopal hat ihn und Euch gesegnet, Tansenji, weil Ihr gute Muslime seid. Aber wieso weigert ihr Euch dann noch, in der Versammlungshalle zu singen?

TANSEN (*mit gesenktem Kopf*): Weil ... Maharani ... weil Ihr dort sein werdet.

MIRA (*verwundert*): Natürlich werde ich dort sein. (*nach einer erwartungsvollen Pause*) Ich verstehe wirklich nicht.

TANSEN (*lächelt traurig*): Maharani, ich bin von Natur aus sehr empfindsam. Ich kann nicht vor *Euch* singen.

MIRA (*erstaunt*): Ich bin immer noch verblüfft. Ihr – der berühmteste Sänger und Komponist Indiens – Ihr könnt nicht vor mir singen, vor einer demütigen Liebhaberin Gottes. Wieso das?

TANSEN (*schaut ihr in die Augen*): Weil jemand, Maharani, der für die Menschen singt, es nicht wagen darf, vor einer Frau zu singen, die nur für Gott singt.

Er verbeugt sich tief und

DER VORHANG FÄLLT

4. Akt

Zwei Jahre sind vergangen. BHOJRAJ *ist vor kurzem in einem Krieg gefallen. Einem Monat später ist* VIKRAM *mit allen Zeremonien zum König von Mewar gekrönt worden. Heute ist* Janmashtami, *das Geburtstagsfest Krishnas.* MIRA *feiert es bei Sonnenaufgang, indem sie ihren privaten Tempel der Öffentlichkeit freigibt. Wenn sich der Vorhang öffnet, sieht man* VIKRAM *im Schlossgarten übellaunig einherschlendern und finster den endlosen Besucherstrom betrachten – Männer und Frauen, Priester und Bettelmönche, die die Treppe zum Tempel hinaufsteigen. Leise hört man* MADAN, *den Tempelpriester, im Rezitationston singen, gelegentlich von Stille unterbrochen.*

VIKRAM (*schüttelt den Kopf*): Nein, ich kann es nicht ... Es ist unglaublich ... Da, schon wieder ... Ich...

Man hört nun MIRA *im Tempel singen.* VIKRAM *geht nah heran und mit plötzlichem Entschluss steigt er die Treppe hinauf. Im nächsten Moment schüttelt er wieder den Kopf und beginnt, die Stufen hinunterzusteigen, als er zwei würdevolle Priester heraufkommen sieht. Offenbar von dem Gesang angezogen eilen sie an ihm vorbei. Er mustert sie argwöhnisch, aber er vergisst all seine Sorgen, als* MIRA *vor der* STATUETTE *Krishnas ekstatisch zu tanzen und zu singen beginnt:*

> *Des Himmels Licht, kristallisiert*
> *   im brüchigen Rahmen aus Lehm!*
> *Ein zarter Zugvogel gewann*
> *   Zugang zum ewigen Tag.*

> *Unsterblicher Gast, du besuchst unsre Welt*
> *   in sterblicher Hülle, zur Stunde der Not.*
> *Gesegnet ist jeder, der Ihn erkennt,*
> *   den Edelstein, funkelnd im Staub.*

Wenn das Erdenschiff wild geschleudert wird
    durch Wellen der Maya in Meeresnacht,
kommt unerkannt der Steuermann
    und führt es zurück in den Hafen aus Licht.

Ram nennen Ihn manche, Krishna die anderen,
    die dritten versichern, der Guru ist Er.
Er ist Shiva, der Tänzer, verkündigen viele,
    oder Uma, die Mutter der Welt.

Manche beteuern, Er sei Mutter Ganga,
    andere sehen Ihn als Radha, die Schönheit.
Doch Mira singt nur: „Du bist dieses alles,
    im Hier und im Jenseits, o ewiger Gott."

In zahllosen Formen kommst du zum Spielen,
    in neuen Verwandlungen stets.
Geheimnisvoll deine Lieder, dein Glanz,
    dein Reich ist die Weite der Welt.

Die Weisen sehen dich in innerer Schau,
    Propheten verkünden dein Wort,
die Heiligen singen von deinem Ruhm,
    und Könige bauen dir Tempel.

Wer einmal in deine Hand, o Herr,
    sein Schicksal gegeben hat,
dem dienst du und sorgst für ihn:
    Die Gottheit gehorcht dem Verehrer.

Mira, deine Magd von Äon zu Äon
    bittet: „O fehlloser Freund!
In der tiefsten Nacht meines Herzens ersteh,
    zu beenden die Finsternis!"

Wenn das Lied endet, seufzt VIKRAM *auf und steigt die Stufen
wieder hinab in den Garten.*

VIKRAM (*schüttelt wieder den Kopf*): Nein, es kommt nicht in Frage. Ich kann es nicht.

Beim Geräusch von Schritten hinter sich fährt er zusammen. Er wendet sich um und erblickt UDAYBAI.

UDAYBAI (*hart*): Aber du musst – und du weißt es.

VIKRAM (*runzelt die Stirn*): Ach, lass es doch. Lass sie in Ruhe.

UDAYBAI (*vorwurfsvoll*): Das geht nicht mehr, Bruder. Vergiss nicht, du bist jetzt der König, und du darfst dich nicht um deine Pflichten drücken.

VIKRAM (*unbehaglich*): Welche Pflichten?

UDAYBAI (*schaut auf den Tempel*): Das fragst du noch? Unser lieber Bruder ist gerade vor einem Monat gestorben – und nun schau dir an, wie sie sich aufführt: den ganzen Pöbel in den Tempel einzuladen, in unseren privaten Garten! Das ist doch ungehörig – geradezu unanständig.

VIKRAM: Nun lass uns nicht ungerecht sein, Uda. Sie hat mich zuerst um Erlaubnis gebeten.

UDAYBAI: Sie hat dir die Erlaubnis abgerungen, das wäre wohl treffender ausgedrückt. Soll ich dir einmal sagen, was mit dir los ist? Du schwankst hin und her und suhlst dich in deiner lächerlichen Gefühlsduselei.

VIKRAM (*ärgerlich*): Das stimmt nicht!

UDAYBAI (*legt ihm die Hand auf die Schulter*): Versteh mich nicht falsch, lieber Bruder. Du musst zugeben, dass ich dich besser kenne als du dich selbst. Ich habe dich doch eigentlich großgezogen. Ich will dir ja auch keine Scherereien machen – ich habe dich doch wirklich lieb.

VIKRAM (*gerührt*): Ich weiß, Uda. Wenn du mich nicht Tag und Nacht gepflegt hättest, als ich damals halbtot war ... (*er schaudert*) ... Ich bin vielleicht wankelmütig, aber nicht undankbar.

UDAYBAI (*großmütig*): Es geht mir nicht um deine Dankbarkeit, sondern um dein Glück und deine Ehre. Beide stehen auf dem Spiel.

VIKRAM: Lass uns nicht übertreiben. Sie ist längst nicht so übel, wie du behauptest. Außerdem kann sie nichts dafür, dass sie so fromm veranlagt ist, oder?

UDAYBAI: Fromm nennst du das! VIKRAM, ich warne dich noch einmal: Sei vor ihr auf der Hut! Sie ist ein freches, schamloses Weib – eine Schlange in Menschengestalt.

VIKRAM (*zögernd*): Findest du nicht, dass du ein bisschen zu streng bist und ziemlich übertreibst?

UDAYBAI (*erbittert*): Hast du denn keine Augen im Kopf? Und keine Ohren, um zu hören, was die Leute über ihr skandalöses Benehmen reden? Oder weißt du nicht, dass eine Witwe ihre goldenen Armreifen ablegt, ihr Haar nicht mehr pflegt und auch nicht mehr das rote Glückszeichen auf ihre Stirn tupft? Aber sie da spielt ihr albernes Theater weiter, aufgeputzt und lebenslustig wie zuvor! (*vernichtend*) Und ihre Begründung: Weil ihr Gopal unsterblich ist, kann sie niemals Witwe werden! Dass eine Frau dermaßen jedes Schamgefühl verliert!

VIKRAM (*eingeschüchtert*): Reg dich doch nicht so auf, Uda!

UDAYBAI (*wutentbrannt*): Mich aufregen! Kann denn eine anständige Frau bei dem, was hier vorgeht, zuschauen und ruhig bleiben wie ein Fels in der Brandung? (*heftig*) Mit allem Volk verkehrt sie. In ihrem Tempel singt und tanzt sie vor den Augen des Pöbels – vor diesem frömmlerischen Bettelpack, das sie selbst einlädt, um die milde Gabe ihrer Schönheit auf alle herabregnen zu lassen. Und dabei füttert und verwöhnt sie alle auch noch die ganze Zeit mit *deinem* Geld!

VIKRAM: Das stimmt aber nicht ganz. Es ist ihr eigenes Geld.

UDAYBAI (*in Rage*): Sei doch nicht dumm! Jeder Hindu weiß, dass eine Witwe keine einzige *Kauri*[19] ihr eigen nennen kann. Aber sie geht nicht nur mit deinem Geld großzügig um, sondern auch mit deinem guten Namen. (*bitter*) Oh Vikram, wäre ich nur als Mann auf die Welt gekommen!

VIKRAM (*versucht zu scherzen*): Jetzt tust du dir selbst schwer unrecht, Uda – du allein kannst es doch mit einem guten Dutzend von meiner Leibgarde aufnehmen.

UDAYBAI (*gereizt*): Denk daran: für einen König ist es riskant, die Dinge auf die leichte Schulter zu nehmen! Sorglosigkeit kann dich nicht schützen, nur entschlossenes Handeln. Du kannst es dir einfach nicht leisten, untätig anzusehen, wie die Würde des Königshauses in den Schmutz getreten wird – von einem verantwortungslosen Weib, das sein eigener falscher Glanz verblendet.

VIKRAM (*kläglich*): Was *kann* ich denn tun, Uda?

UDAYBAI (*stampft mit dem Fuß auf*): Mit dir spreche ich kein Wort mehr. Lebewohl! (*sie wendet sich ab und will gehen*)

VIKRAM (*hält sie zurück*): Lass mich um Gottes Willen nicht im Stich. Gerade jetzt brauche ich dringend deinen Rat.

UDAYBAI (*mit verhohlener Freude*): Ich will tun, was ich kann. Aber handeln musst *du*. Ich kann nicht in deinem Namen Befehle geben.

VIKRAM (*nach kurzer Pause*): Ich würde ja, wenn ich könnte. Aber ... (*verzweifelt*) ... um ehrlich zu sein, ich habe Angst ... (*erschaudernd*) ... nach jenem Vorfall.

UDAYBAI (*sarkastisch*): Du bist ein Held! Hast Angst vor der kleinen Hexe, die du mit Leichtigkeit loswerden könntest.

---

[19] *Kauri*: eine bei den armen Küstenbewohnern Indiens als billiges Schmuckstück und Zahlungsmittel verwendete Muschel.

VIKRAM (*nervös*): Eine Hexe! Bitte, sprich solche Worte nicht aus!

UDAYBAI (*ungeduldig*): Hast du denn keine Augen und keinen Verstand? Deinen Alptraum verdankst du ihrer Hexerei – und zwar, weil du schwach warst. Ich war das nicht, und deshalb konnte sie mir überhaupt nichts anhaben. (*ernst*) Und eben darum musst du stark sein und etwas tun, solange noch Zeit ist.

VIKRAM (*verdrießlich*): Was *kann* ich denn tun? Du wirst doch nicht von mir erwarten, dass ich sie fortjage ... oder sie vergifte?

UDAYBAI (*schneidend*): Warum denn nicht, wenn ich fragen darf? Ist dir nicht die Ehre unseres Geschlechts als leuchtendes Vorbild für die Bürger von Mewar anvertraut? Haben die Vorväter nicht auch unseren edlen Müttern und Schwestern Gift gegeben, als die Muslimhorden kurz davor waren einzufallen und sie zu ihren Kebsweibern zu machen? (*sie droht anklagend mit dem Finger*) Ich warne dich zum letzten Mal, Vikram: Wenn du diesmal nicht auf mich hörst, kannst du sicher sein, dass du deine Dummheit teuer bezahlen musst. Du wirst ebenso umkommen, wie unser lieber betrogener Bruder. Niemand kann sich ungestraft Blindheit leisten.

VIKRAM (*bestürzt*): Nun sag doch – wie werden wir sie los? Bisher haben wir überhaupt nichts gegen sie in der Hand. Wie soll ich meinen Ministern gegenübertreten, wenn sie Beweise fordern? Ich kann doch wohl nicht sagen: „Sie muss das Land verlassen, weil ich *gehört* habe, sie trachte mir nach dem Leben."

UDAYBAI (*nach kurzer Überlegung*): Pass auf: ich lasse sie genau überwachen. Niedertracht und Heuchelei können einer sorgfältigen Untersuchung nie lange standhalten. (*mit gesenkter Stimme*) Ich sage dir, ich bin ganz sicher, dass sie unerlaubte Beziehungen zu diesen Priestern hat, die ständig kommen. Ich verspreche dir, in den nächsten Tagen ertappe ich sie auf frischer Tat. Dafür musst du mir versprechen, dass du etwas unternimmst, sobald ihre Unkeuschheit erwiesen ist.

VIKRAM (*endlich ermutigt*): Das verspreche ich dir aufrichtig. (*er ergreift ihre Hände*) Uda, Gott segne dich dafür, dass du mir in diesem Dunkel Licht gezeigt hast. Du warst mir immer lieb als Schwester und treue Helferin, aber von jetzt an betrachte ich dich als meine Führerin und Beraterin. (*heiter*) Weißt du, in letzter Zeit habe ich mir oft gedacht, mit deiner Weitsicht könntest du eigentlich gut den ersten Minister ersetzen.

UDAYBAI (*besänftigt*): Du hast ein Herz aus Gold, Vikram! Deshalb möchte ich ja auch, dass du stark bist – ein Mann, der jede Lage meistert. Und weil du mir jetzt dein Vertrauen geschenkt hast, will ich dir etwas verraten, das ich bisher selbst vor dir geheim gehalten habe. (*leise*) Was du über den ersten Minister sagtest, den du auswechseln willst, das war fast prophetisch, weißt du das?

VIKRAM (*wieder unsicher*): Worauf um alles in der Welt willst du hinaus?

UDAYBAI (*schaut sich argwöhnisch um*): Ich meine, dass sie mit ihm ein Komplott geschmiedet hat, dich abzusetzen, oder genauer gesagt, dich zu *beseitigen*.

VIKRAM (*entsetzt*): Um Himmels Willen, Uda –

UDAYBAI (*hart*): Schon wieder verzagt? (*ironisch*) Ein schöner König!

VIKRAM: Wie kann eine Frau so tief sinken?

UDAYBAI (*mit zynischem Lächeln*): Mein lieber Bruder, ihr Männer seht die Frauen nie, wie sie wirklich sind. Nur eine Henne weiß, wie Eier ausgebrütet werden. Natürlich gibt es Frauen von ganz verschiedener Art. Ich meine damit, dass eine Frau bei rechter Erziehung zu ungeahnter Größe aufsteigen kann, aber wenn man erst einmal die Kontrolle über sie verliert, dann rutscht sie einfach den Abhang hinunter und findet keinen Halt mehr. Am Ende liegt sie zerschmettert im Abgrund. Und meistens wird sie nicht allein zerschmettert, denk daran!

VIKRAM (*zermürbt*): Ach Uda, du musst mir wirklich helfen! Ich jage sie fort, das verspreche ich dir. Mache es mir nur ein bisschen leichter. Liefere mir einen wirklichen *Beweis* ihrer Schlechtigkeit – dann erledige ich alles Übrige.

UDAYBAI: Ist das ein Wort? (*sie legt ihm die Hände auf die Schulter*) Versprichst du mir, dass du ein Mann sein willst, und kein Feigling?

VIKRAM (*ungehalten*): Sprich bitte nicht in diesem Ton, Uda! Ich bin vielleicht manchmal etwas wankelmütig, aber nur, weil ich einfach von Natur tolerant bin. (*unter dem immer stärkeren Drang, sich zu rechtfertigen, vergisst er, dass er seine Furcht schon eingestanden hat*) Feigling! Du sollst mich noch kennenlernen, das sage ich dir! (*er schüttelt die Faust*) Ich schaffe uns die Hexe vom Hals ... Ich werde dir zeigen, dass ich stahlhart sein kann. (*zähneknirschend*) Ein Komplott, mich zu beseitigen! (*lauter*) Das werden wir sehen, wer wen beseitigt!

Man hört aus dem Tempel wieder MIRA *singen.* VIKRAM *wendet sich jäh um.*

UDAYBAI: Da fängt sie schon wieder an mit ihrem frivolen Getue, das liederliche Weib, und das noch ehe die verbrannten Knochen ihres Gatten Zeit hatten abzukühlen. Und diese Allüren! Weißt du, was sie mir gestern sagte, als ich sie bat, so zurückhaltend zu sein, wie es sich gehört, und nicht alles Volk in ihrem Tempel offen zu empfangen?

VIKRAM: Was sagte sie?

UDAYBAI: Sie lächelte mich von oben herab an und sagte: „Ich brauche mich jetzt nicht mehr zurückzuhalten, denn ich habe niemanden mehr, den ich mein nennen könnte, außer Ihm, meinem Gopal. Ich gehöre niemandem als Ihm, und Er will nicht, dass ich mich an die Etikette halte."

VIKRAM (*empört*): Eine Frechheit!

UDAYBAI: Warum bist du denn so entrüstet? Hast du vielleicht nach dem Tod deines Bruders irgendetwas getan, um sie zu zügeln? Du hast ihr doch alles durchgehen lassen, und immer mehr Volk ist hereingekommen. (*Sie zeigt auf die Tempelstufen*) Sieh nur, was du dir selbst und uns allen da aufgeladen hast – ein Haufen Dummköpfe legt sich vor ihr auf den Bauch! (*Sie fasst ihn am Ellbogen*) Und was für weise Narren noch dazu! Schau dir diese zwei bärtigen Getreuen an, wie sie vor ihr niederknien! (*wutentbrannt*) Auch ohne Flügel weiß sie bestens, wie man den Engel spielt, das muss ich ihr lassen. Da! Wie sie sich schon wieder verbeugen – ach, mir wird ganz schlecht!

VIKRAM (*misstrauisch*): Ja, ich habe sie vorhin schon gesehen. Sie kamen mir ... ich weiß auch nicht ... sie kamen mir irgendwie verdächtig vor.

UDAYBAI (*schaut angestrengt hin*): Ausnahmsweise hast du einmal recht, Vikram! Ich wette meinen Kopf, dass das Fremde sind ... Da, schau, sie schenkt ihnen ihr holdestes Lächeln ... jetzt gehen sie hinein. Das sind doch niemals Rajputen. (*plötzlich*) Komm, wir müssen an der Tür Wachen aufstellen. Ich wittere etwas. Komm jetzt! Nein, sei still!

Sie zieht ihn beinahe hinter sich her zum Tempel. Sie eilen die Stufen hinauf bis zur Schwelle. MADAN, der Tempelpriester, kommt heraus, um VIKRAM zu empfangen, der ihm aber mit Zeichen bedeutet, sich neben ihn zu stellen und andere fernzuhalten. Dann lauschen die drei aufmerksam.

MIRA (*aus dem Tempelinneren*): Ihr kommt aus Prayag[20], sagt Ihr? So seid Ihr gesegnet, in solch einer heiligen Stadt zu Hause zu sein!

AKBAR (*als Hindupriester verkleidet*): Darf ich mir eine Bemerkung erlauben? Da Ihr so genau wisst, was Segen ist, müsstet Ihr auch wissen, dass man Segen durch seine Werke erlangt, nicht durch den Ort, an den man gefesselt ist. Mir fällt dazu eins Eurer eigenen Gedichte ein, in dem es heißt:

> *Wer auf den Gipfeln der Schneeberge lebt,*
> *ist dennoch hörig dem Staub.*
> *In den Lüften der mächtige Adler schwebt,*
> *immer noch gierend nach Raub.*
> *Ein Priester noch so erhaben singt –*

TANSEN (*fährt spontan fort*):

> *befreit von der Lust ist er nicht.*
> *Kein äußerer Glanz die Rettung bringt,*
> *sondern nur das innere Licht.*

MIRA (*verblüfft*): Wer seid Ihr, Brüder, dass Ihr so viel von mir wisst?

AKBAR: Jedes Blatt kennt den vorbeiwehenden Wind – wenn auch der Wind verweht und sich an nichts erinnert.

TANSEN: Mein Freund ist klug, Maharani! Der Beschenkte freut sich über das, was er bekommt. Der Gebende vergisst sehr bald, und das sollte er auch.

MIRA (*zu TANSEN*): Ihr habt mir Euren Namen nicht genannt.

AKBAR: Er nennt sich Kailas. Er hat mich hierher ge-

---

[20] *Prayag*, heute Allahabad: Stadt am Zusammenfluss von Ganges und Jamuna.

schleppt. Vor ein paar Jahren hat er Euch einmal singen hören.

MIRA (*zu* TANSEN): Tatsächlich? Wann war das?

TANSEN (*ausweichend*): Oh, wer hätte Euch nicht gehört, Maharani? Und wer verlangt nicht danach, Euch immer wieder zu hören, wenn er Euch einmal gehört hat? Mein edler Freund ist ein leidenschaftlicher Musikliebhaber. Deshalb führte ich ihn hierher. (*lächelnd*) Ich frage mich aber, warum er das Wort „geschleppt" benutzte, hat er doch kaum widerstrebt!

MIRA (*lächelnd*): Vielleicht weil er (*mit einem Blick auf* AKBAR) zu vornehm ist, Widerstand zu leisten.

TANSEN (*freudestrahlend*): Ja, mein Herr ist wirklich vornehm und großmütig. Wenn Ihr ihn nur kennenlernen könntet, Maharani! Er hat wirklich das Herz eines Königs!

AKBAR (*hastig*): Bitte, nehmt ihn nicht beim Wort. Er meint nur, dass ich kein so alltäglicher Mensch bin, wie es den Anschein hat.

MIRA (*lächelt*): Ihr seht keineswegs alltäglich aus – und bestimmt weiß das niemand besser als Ihr selbst!

Ein verlegenes Schweigen tritt ein. UDAYBAI *schaut* VIKRAM *bedeutungsvoll an.*

MIRA (*zu* AKBAR): Und wer war Euer Guru?

AKBAR (*nach oben deutend*): Der große All- (*er kann seine Zunge gerade noch kontrollieren*) -mächtige.

UDAYBAI *schaut* VIKRAM *wieder bedeutsam an.*

MIRA (*nach einer Pause*): Gut. Möge Er Euch die Führung geben, die Ihr braucht. Denn auf dem Weg braucht man sie schließlich immer, nicht wahr? (*seufzend*) Aber freilich seid Ihr stark und braucht vielleicht keine Hilfe.

TANSEN (*unsicher*): Wollt Ihr damit andeuten –

MIRA (*lächelt traurig*): dass ich selbst schwach bin? Ja. Und eben deshalb brauche ich einen Meister, einen menschlichen Guru – wie mir mein Gopal immer wieder sagt.

AKBAR: Ihr meint (*auf die* STATUETTE *deutend*) Ihn – oder (*zum Himmel zeigend*) den Einen dort oben?

MIRA (*beginnt plötzlich zu singen*):

Ich sah den Einen im Glück meines Herzens,
im Schweigen der Berge, im Lärm der Märkte,
im Lachen der Sonne, im Traum der Sterne,
im Lächeln des Mondes, im Tanz des Meeres.
Vergebens suche ich Ihn nun im Feuer meiner Not.
Ist meine Selbstliebe verbrannt, dann finde ich ihn wieder.

AKBAR (*bewegt*): Ihr seid wirklich gesegnet, Maharani! Und doch ... Vielleicht sollte ich keine Vermutungen anstellen, aber Eure Lieder erscheinen mir...

MIRA: Sprecht weiter.

AKBAR: Rufen Eure Lieder nicht eher Traurigkeit und Schmerz hervor als Freude?

MIRA (*nachdenklich*): Nur über das, was man *kennt*, kann man singen. Und wenn ich den Schmerz als die andere Seite der Freude gesehen hätte – als die dunkle Seite des Mondes?

AKBAR (*entwaffnet*): Darauf weiß ich keine Antwort ... Aber was Ihr sagt ... läuft es nicht darauf hinaus, den Schmerz zu verherrlichen?

MIRA: Ich verherrliche nicht den Schmerz. Ich nehme ihn nur an, so wie Er es von mir wünscht. Oder vielleicht sollte ich besser sagen, wie Er wünscht, dass ich eine Schwierigkeit in eine Chance verwandle?

AKBAR: Ich weiß nicht ... Bedeutet denn etwas zu akzeptieren nicht letzten Endes, dass man das Gegenteil ablehnt? Ich meine, kann man sich dem Schmerz überlassen, ohne sich zugleich von seinem Gegenteil, der Freude, abzuwenden?

MIRA: Muss man denn nicht auch um Freude zu finden durch die Feuerprobe des Schmerzes gehen? (*beinahe zu sich selbst*) Sich emporschwingen ... in der Höhe schweben ... ja ... aber kann man den Himmel durchfliegen und doch der Erde nahe bleiben?

Sie singt wieder:

> *„Herr, gib mir die Kraft, die grausame Kette zu brechen.*
> *Sieh, wie sie mir in die Füße schneidet!",*
> *rufe ich zu dir hinauf.*

> *Du gibst Antwort. Doch ich singe in meinem Schmerz:*
> *„Mein Seufzen war reich, war süß!" Aber doch:*
> *Es bleibt ein trauriges Seufzen!*

(*lächelnd*) Beantwortet das Eure Frage?

AKBAR: Lieder haben eine seltsame Kraft ... Aber kann man sich nicht eben deshalb manchmal mit ihnen täuschen? ... Ich meine ... ich bin wirklich gerührt ... aber genau wie das Seufzen bleibt doch die Frage: Kann ein wahrhaft allgütiger Gott diese Welt so erschaffen haben, dass wir nur mit einem Seufzen hindurchgehen können – wie süß es auch sein mag? Soll man sich wirklich nach so einem Seufzen sehnen?

MIRA: Vielleicht werde ich etwas zu sentimental. (*betrübt lächelnd*) Eine Frau bleibt eben immer eine Frau. Aber ich habe nicht gemeint, dass man sich nach dem Leiden um seiner selbst willen sehnen soll. Und doch ... letzten Endes ... angenommen, Ihr könntet auf der Stelle das Leiden aus der Welt schaffen, würdet Ihr dann nicht etwas viel Wertvolleres abschaffen als die Freude, die es ersetzen soll?

AKBAR: Ich bin nicht sicher, ob ich Euren Gedankengang verstanden habe.

MIRA: Habt Ihr jemals versucht, Euch eine Welt ohne Leid vorzustellen?

AKBAR (*zögernd*): Vielleicht habe ich das – irgendwann einmal.

MIRA: Dann sagt: Wie würdet Ihr Euch das Leben in einer solchen Welt vorstellen? Wie sähe es aus?

AKBAR: Ihr verblüfft mich.

MIRA (*mit angedeutetem Lächeln*): Dann will ich Euch sagen, wie *ich* es sehe. In so einer Welt, in der es weder Leid noch Sorge gäbe, fände man vielleicht alles, was das Herz sich wünschen kann, aber zwei Dinge würden fehlen: Edelmut und die Bereitschaft, etwas Sicheres für etwas Ungewisses aufzuopfern. Würdet Ihr eine solche Welt der unseren vorziehen?

AKBAR (*bewegt*): Maharani, als ich hierhergekommen bin, habe ich erwartet, eine Liebhaberin Gottes zu sehen. Aber ich habe etwas Größeres gefunden – eine Seherin.

MIRA: Gebt mir bitte keinen Titel, dem ich nicht gerecht werde. Ich bin nur eine demütig Suchende, die allein Ihn suchte, mit Hilfe eines einzigen Lichts – dem des Herzens. In diesem Geheimnisse offenbarenden Licht habe ich Ihn wirklich gesehen – aber nur, um zu meinem Leidwesen immer wieder zu erkennen, dass es nicht genügt, Ihn zu sehen. Mit seinem ganzen Wesen muss man sich Ihm ergeben. (*traurig lächelnd*) Deshalb freue ich mich gar nicht, wenn Ihr mich eine Seherin nennt. Denn das bisschen, das ich sah, hat meine Sehnsucht nach dem, was ich nicht erreichen konnte, nur noch vertieft: die Sehnsucht, alles was ich habe und bin, meinem Ein und Alles hinzugeben.

Sie beginnt wieder zu singen:

Bricht je der Freudentag an, o Herr,
da ich einzig mich lehne an dich?

Werden meine Ängste und Wünsche verflogen sein,
finde ich Frieden zu deinen Füßen?

Werde ich die verblassenden Sterne zählen,
auf dein goldenes Morgenrot wartend.
Wird ohne dich auch im Sonnenschein
Dunkelheit Herrscherin sein?

Werde ich als besitzlose Wanderin
bei Tag und bei Nacht dich preisen?
Bricht je der Freudentag an, o Herr,
da ich einzig mich lehne an dich?

Werde ich lassen die bunten Muscheln am Strand
und tauchen ins Meer deiner Gnade?
Wird dann jeder Tropfen meines Seins
das Blau deiner Anmut spiegeln?

Werde ich lassen die geringeren Freuden der Welt,
überwältigt von deiner Liebe?
Werde ich deine göttlichen Wege erkennen
und die menschlichen Irrwege meiden?

Werden Freude und Leid und Leben und Tod
für mich dann dasselbe sein?
Bricht je der Freudentag an, o Herr,
da ich einzig mich lehne an dich?

Werde ich beben in Glückseligkeit,
wenn dein Name nur wird erwähnt?
Werden mein Denken, mein Atem, mein Herz
deinen Duft, deinen Glanz empfangen?

Ob du mich annimmst oder verwirfst,
mich verdammst oder endlich erlöst:
dein bin ich, und zu deinen Füßen
ist meine Zuflucht, mein Heil.

Nimm all meine Habe, sei du mein Herr,
    alles, was ich bin, sei dein.
Lass bald den Freudentag kommen, o Herr,
    da ich einzig mich lehne an dich.

AKBAR (*eine Träne abwischend*): Verzeiht mir, wenn ich Euch falsch verstanden habe ... Es ist nur, ... weil solch eine Liebe nicht leicht zu begreifen ist.

MIRA (*lächelnd*): Von Verzeihung kann gar keine Rede sein. Ich verstehe, wieso die Menschen mich nicht verstehen. (*nach einer Pause*) Ihr bleibt doch ein paar Tage bei uns, hoffe ich?

TANSEN (*greift ein*): Ich fürchte, wir müssen jetzt gleich aufbrechen, Maharani.

AKBAR (*zustimmend*) Ja, leider müssen wir das wirklich, so gern ich Eure Einladung angenommen hätte. (*mit einem unterdrückten Seufzen*) Darf ich ... nur ... (*er zögert*)

TANSEN (*springt ein*): Mein Herr möchte, dass ich Euch um einen letzten Gefallen bitte.

MIRA (*zu* AKBAR): Einen Gefallen?

AKBAR: Ich möchte Euch ein Geschenk zu Füßen legen.

Er gibt TANSEN *ein Zeichen, der sogleich eine kleine Gebetskette aus Brillanten hervorholt.* AKBAR *nimmt sie, verbeugt sich und legt sie* MIRA *zu Füßen.*

MIRA (*verblüfft*): Aber, das ist doch –

AKBAR: Eine Kleinigkeit. Nehmt sie bitte trotzdem an, auch wenn wir jemandem, dem Gottes Fülle zur Verfügung steht, wenig zu bieten haben.

MIRA *schließt die Augen und steht eine Weile vor der* STATUETTE. *dann lächelt sie, nickt, nimmt das vor ihren Füßen liegende Brillantkettchen und legt es auf* GOPALS *Kopf.*

MIRA (*klatscht mit kindlicher Fröhlichkeit in die Hände*):

Wunderschön siehst du jetzt aus. Oh Gopal, segne sie, segne sie!

TANSEN: Ich verehre Euch von Herzen, Maharani.

AKBAR: Ich ebenso. Lebt wohl!

MIRA: Lebt wohl, meine Brüder! Möge Er Euch immer segnen.

VIKRAM *winkt* MADAN *aufgeregt zu, ihnen heimlich zu folgen. Nachdem sie gegangen sind, tritt er ein, gefolgt von* UDAYBAI.

MIRA (*freudig*): Schau, VIKRAM! Sieht er nicht prächtig aus, mein Gopal?

UDAYBAI (*ihr stockt der Atem*): Das sind ja ... Brillanten.

VIKRAM (*tritt an die* STATUETTE *heran*): Und zwar von reinstem Wasser! (*Er wendet sich zu* MIRA) Wer war der Mann?

MIRA: Ein Priester, aus Prayag, glaube ich. Er ist zum ersten Mal hier gewesen.

VIKRAM (*barsch*): Wie heißt er?

MIRA: Er hat mir seinen Namen gesagt ... aber ich habe ihn vergessen.

UDAYBAI: Verstelle dich bloß nicht. So schnell vergisst man den Namen eines alten Bekannten nicht.

MIRA (*erstaunt*): Eines alten Bekannten? Ich sagte doch, dass er vorher nie hier war.

UDAYBAI: Liebe Schwägerin! Du weißt vielleicht sonst wenig, aber eins hast du bestens gelernt: wie man seine Sünden hinter einer Unschuldsmiene versteckt.

MIRA: Ich verstehe nicht, was du meinst.

UDAYBAI (*tritt nahe an die* STATUETTE *und prüft das Kettchen*): Sieh mal hier, Vikram! Das ist kein gewöhnliches Stück. Die Form und die handwerkliche Ausführung sind typisch mohammedanisch.

VIKRAM (*untersucht es genau*): Mein Gott! Der Mann

muss gefangen genommen werden. Wir dürfen keine Zeit verlieren. Bringt mein Pferd – mein Pferd –

Er rennt erregt hinaus.

UDAYBAI (*ruft ihm nach*): VIKRAM! Hör zu! Reite nicht allein und unbewaffnet. (*Sie wendet sich* MIRA *zu*) Endlich haben wir dich ertappt, du verdorbenes Weib! Warte hier!

Ehe MIRA *etwas entgegnen kann, eilt auch sie hinaus.*

MIRA, *alleingelassen, steht eine Weile still vor der* STATUETTE. *Tränen rinnen ihr die Wangen hinunter, als sie vor der* STATUETTE *die Hände faltet.*

MIRA: Gopal! Ich verstehe das nicht. Was soll das alles bedeuten? Du sagtest, wer dich liebt, kann niemals zu Fall kommen. Wieso werde ich dann derart beschimpft und verleumdet? Nur einer hat zu mir gehalten, aber auch den hast du weggeholt. Jetzt bin ich ganz allein. Kommst du denn nicht, um mir in dieser Dunkelheit das Licht zu zeigen? Du sagtest, ich müsse noch lernen, in allem dich zu sehen. Aber wie kann man sehen, wenn man blind geboren ist? Du sperrst einen Vogel in den Käfig und lässt ihn nach der Freiheit schmachten. Aber dadurch wird er nicht frei. Er kann nur seine blutenden Flügel gegen die Eisenstäbe stoßen. Tag für Tag bist du zu mir gekommen und hast versichert, alles sei gut. Stattdessen ist alles immer düsterer geworden, und die Wolken haben sich so zusammengebraut, dass kein einziger Stern mehr zu sehen war. Dann gab es plötzlich einen Sturm, und für mich erlosch alles Licht. Wie soll man sich in so einer Finsternis zurechtfinden? Du sagtest, niemals ließest du jemanden im Stich, der dich liebt. Habe ich dich denn nicht geliebt? War alles nur Einbildung? Aber wessen Schuld war es dann, wenn ich an etwas Unreales glaubte? (*sie schüttelt den Kopf.*) Nein, ich will den Glauben nicht verlieren. Die Augen können sich täuschen, die Füße können stolpern, aber das Herz irrt sich nie. Ich *habe* dich mit jeder Faser meines Wesens geliebt. Für dich habe ich alles aufs Spiel gesetzt, ich hänge völlig von deiner Gnade ab. Wieso lässt mich deine Gnade jetzt hilflos allein wie in einer Wüste? ... War ich vielleicht zu stolz? Aber wer dein herrliches Antlitz gesehen hat, wie kann er den großen Stolz verleugnen, den diese Vision mit sich bringt? Kann der Adler, wenn er am Himmel schwebt, so demütig sein wie ein Wurm im Schlamm? Nein! Diesen Stolz kannst du mir nicht mehr nehmen. Und wenn sie mir die Glieder auseinanderreißen – meine Seele werden sie nie besiegen.

VIKRAM *tritt wutentbrannt mit dem Schwert in der Hand ein; hinter ihm* UDAYBAI *und* MADAN.

VIKRAM (*vor Zorn zitternd*): Du – Du – Du – Ich bringe dich jetzt um. Komm heraus!

MIRA (*ruhig*): Was ist geschehen?

VIKRAM: Weißt du, wer sie waren, die großzügigen Spender?

MIRA: Es waren Priester.

VIKRAM (*brüllt*): Du lügst!

UDAYBAI: Schon gut, Vikram! Denk an dein Versprechen! (*zu* MADAN) Sag es ihr.

MADAN: Ich bin ihnen gefolgt. Nach ein paar Minuten hörte ich, wie der ältere Priester den anderen mit „Shahinshah" anredete.

MIRA: Shahinshah? Meinst du Kaiser Akbar?

VIKRAM (*verliert die Beherrschung*): Ja! Ein Muslim hat unseren geheiligten Tempel besudelt, und das hat er gewagt, weil du, die Königin von Mewar, sie eingeladen hast, heimlich hierher zu kommen und sich in deiner Schönheit zu sonnen! Wir konnten sie nicht fangen. Ihre Pferde waren zu schnell. Aber *du* sollst uns nicht entkommen! Ich werde dich im Schlosshof öffentlich enthaupten. Komm heraus, sage ich!

UDAYBAI: Bruder, führe dich nicht auf wie ein Irrer! Beruhige dich bitte. Mit ihrem Leben soll sie büßen, aber das muss in der richtigen Weise geschehen. Den Volkszorn dürfen wir nicht auf uns ziehen.

VIKRAM: In der richtigen Weise – ?

UDAYBAI: Ich habe das Nötige mitgebracht.

Sie gibt MADAN *ein Zeichen, der einen Becher in seiner zitternden Hand hält.*

MADAN: Es ist Gift, Hoheit!

VIKRAM: Gift!

UDAYBAI: Das sie trinken wird, (*herrisch*) jetzt auf der Stelle!

VIKRAM (*frohlockend*): Jawohl, jawohl ... und vor Schmerzen soll sie sich krümmen, bis sie vor ihrem geliebten Gopal stirbt.

UDAYBAI (*heftig*): Dann werden wir ja sehen, was mächtiger ist: Gopals Gnade oder der Zorn eines Königs!

VIKRAM (*triumphierend*): Und die ganze Welt soll es sehen!

MIRA (*wendet sich ganz ruhig* MADAN *zu*): Gib mir den Becher.

MADAN (*zitternd*): Ich ... ich kann es nicht, Maharani!

UDAYBAI (*verächtlich*): Gib ihn mir, du Memme!

Sie reißt ihm den Becher aus der Hand und gibt ihn MIRA, *die ihn – während sie die* STATUETTE *fest anschaut – auf einen Zug austrinkt und dann fallen lässt. Sie starren abwechselnd auf sie und die* STATUETTE ... MIRA *schwankt leicht, aber fällt nicht. Plötzlich sieht man deutlich, wie die* STATUETTE *zittert und sich dann schwarzblau verfärbt, wie ein Mensch, der Gift getrunken hat.*

MADAN (*überglücklich*): Oh gnädiger Retter! ... Er hat das Gift in sich selbst genommen ... Unsere liebe Maharani ist gerettet, gerettet, gerettet!

Er wirft sich erschüttert zwischen MIRA *und der schwarzen* STATUETTE *zu Boden.*

UDAYBAI (*entsetzt*): Was ist das? ... (*mit gellendem Schreien*) Oh Gott, verschone mich. Ich ... ich ertrage das nicht mehr.

Sie presst sich mit beiden Händen den Kopf und schwankt.

VIKRAM (*schreckerfüllt*): Bin ich wach oder träume ich? Da ... das Gift fließt durch Seine Adern, eine dunkle Flüssigkeit! (*Er schreit auf*) Helft mir! ... Ich werde verrückt ... Oh Gott, schütze mich, schütze mich!

UDAYBAI: Komm, VIKRAM, lass uns fliehen, wenn du dich retten willst ... Sie ist eine Hexe, eine schwarze Hexe!

Fast wahnsinnig vor Angst rennt sie hinaus, gefolgt von VIKRAM, *der gellend schreit:* „Oh Hölle! Hilf mir, hilf mir!"

MIRA *steht wie erstarrt vor der* STATUETTE. MADAN *steht langsam auf, er torkelt, faltet dann die Hände und wendet sich schließlich* MIRA *zu, die immer noch ganz still da steht.*

MADAN (*mit tränenerstickter Stimme*): Göttliche Mutter!

MIRA (*schreckt auf*): Ach, du bist es.

MADAN (*stößt die Worte unter Tränen hervor*): Ja, Mutter ... und ich bin solch ein Verbrecher ... Vergebt mir bitte, was ich getan habe. Ich wusste ja nicht...

MIRA (*legt ihm freundlich die Hand auf die Schulter*): Gräme dich nicht, mein Sohn. *Du* hast ja nichts Böses getan.

MADAN (*nun wieder einigermaßen Herr seiner selbst*): Oh doch, Mutter, oh doch! ... Ich ... ich habe den Kopf verloren, als ich entdeckte, dass sie Muslime sind. Deshalb brachte ich selbst ... das tödliche Gift. Ich ahnte ja nicht, dass Ihr ein göttliches Wesen seid.

MIRA (*lächelt wehmütig*): Ich bin kein göttliches Wesen ... Im Gegenteil, weil ich menschlich bin, ... allzu menschlich, ... (*ihre Augen werden feucht*) musste Er, mein Gopal, selbst das Gift in sich aufnehmen.

MADAN (*händeringend*): Und ich ... ich verdammte Euch, Mutter – *Euch*, die unter dem fortwährenden Schutz des Herrn selbst steht, wie Vishnus Diskus Ambarish[21] schützte (*wieder in Schluchzen verfallend*) Oh Mutter, bitte verzeiht mir, auch wenn das, was ich getan habe, unverzeihlich ist.

MIRA (*mit belegter Stimme*): Hör zu, mein Sohn: Gopal hat mir gesagt, es gibt keine menschliche Untat, die nicht durch Reue und Unterwerfung unter Seinen Willen wieder entsühnt werden kann. In unserer hoffnungslosen Beschränktheit verstehen wir Sein grenzenloses Mitgefühl nie. Es ist nicht anders möglich, wir sind so geschaffen, wie das Auge, das im strahlenden Licht noch blinder ist als in der Finsternis. (*sie berührt seine gebeugte Schulter*) Weine nicht. Wenn Er eine ganz normale Frau retten kann, indem Er das für sie bestimmte Gift selbst nimmt ... (*Tränen perlen ihre Wangen herab*) ... dann darfst auch du bestimmt erwarten, dass Er dir vergibt, was immer du ohne es zu wissen falsch gemacht hast. Geh jetzt und bete zu Ihm, dass du *Ihm* gehören willst – und sei sicher, dass einem, der mit Seinem heiligen Namen gewappnet ist, nichts Schlimmes zustoßen kann.

MADAN *küsst ihre Füße und geht schluchzend hinaus.*

---

[21] König Ambarish war ein treuer Verehrer des Gottes Vishnu. Als sein Leben durch ein dämonisches Wesen bedroht wurde, griff Vishnu persönlich ein und schützte ihn mit seiner überlegenen Waffe, der Wurfscheibe *Sudarshan*. (*Bhagavata Purana* 9. 4.)

MIRA, *nun allein, blickt versonnen auf die* STATUETTE. *Dann geht ein Beben durch ihren Körper, und sie beginnt zu singen. Wie immer improvisiert sie das Lied, während ihr Tränen der Verzückung kommen.*

> *Stunde des Aufbruchs schlägt,*
> *Mira von Dorf zu Dorf*
> *zieht hinaus, Seinen Namen zu singen.*
> *Herrschte als Königin,*
> *hört nun das Hohngeschrei:*
> *„Für ein Irrlicht verfiel sie dem Wahn."*
>
> *Nur wer sich überwand,*
> *Weg durch die Wolken fand,*
> *nur wer erfahren hat nachtdüstere Pein:*
> *der wird lernen – verwaist und rein –*
> *innerlich frei zu sein*
> *vom Hohn der Welt für das göttliche Licht.*
>
> *Wer kann der Wellen Fluss*
> *zum Ozean hindern?*
> *Wer hält das Herz zurück, das sich Ihm schenkt?*
> *Selbst Gift offenbarte*
> *verborgenen Wein.*
> *Mira, sie trank ihn, ihr Durst ward gestillt.*

Während sie den letzten Vers singt, wird KRISHNA *lebendig und tritt aus der* STATUETTE *heraus.*

MIRA (*fällt zu Boden und hält sich an Seinen Füßen fest*): Gopal ... Gopal ... Gopal!

KRISHNA (*hebt sie auf und singt ihr die letzte Strophe zu*):

> *Nun kehrt sie heim zu Ihm,*
> *wird der Heiligen Freund,*
> *auf Erden zählt nur noch die Liebe zu Ihm.*

> Dornen des Schicksals, wo
> seid ihr, wenn Mira singt
> über Ihn, der ist jenseits von Tod und Geburt?

MIRA (*tanzt mit Ihm, wobei sie gemeinsam singen*):

> Nun kehrt sie heim zu Ihm,
> wird der Heiligen Freund,
> auf Erden zählt nur noch die Liebe zu Ihm.
> Dornen des Schicksals, wo
> seid ihr, wenn Mira singt
> über Ihn, der ist jenseits von Tod und Geburt?

MIRA (*wirft sich vor Ihm nieder*): Gopal ... Gopal!

KRISHNA (*hebt sie zart auf*): Mira ... Mira ...

MIRA (*lächelt durch ihre Tränen*): Was nun, Gopal?

KRISHNA (*blickt ihr in die Augen*): Nur eins: Lass alles hinter dir und gehe nach Brindaban, wo er auf dich wartet.

MIRA: Wer?

KRISHNA: Mein Verehrer und dein Meister Sanatan

MIRA: Aber wozu, Gopal – jetzt habe ich dich doch gefunden?

KRISHNA (*lächelt hintergründig*): Hast du das wirklich?

MIRA: Etwa nicht ... nach allem, was ich gesehen habe?

KRISHNA: Was hast du gesehen?

MIRA: Ich habe mich selbst in dir gesehen, mein Gebieter! – den Tropfen im Ozean.

KRISHNA (*nickt*): Ja, aber es gibt etwas, das du noch sehen musst.

MIRA: Was ist das?

KRISHNA: Gott in deinem Guru – den Ozean im Tropfen.

MIRA *neigt den Kopf, und* KRISHNA *nimmt sie in die Arme, während*

DER VORHANG FÄLLT

5. Akt

Zwei Jahre sind vergangen. MIRA, *die jetzt als Bettlerin umher-wandert, kommt schließlich nach Brindaban, nachdem sie unter-wegs unsägliche Entbehrungen überstanden hat. Beim Erbetteln ihrer Nahrung im Namen Krishnas wurde sie auf die Straße ge-worfen, beleidigt, verspottet und auch von Menschen getäuscht, denen sie mit der natürlichen Arglosigkeit ihres reinen Herzens vertraut hatte. Als sie den Ortsrand von Brindaban erreicht, ist sie der Verzweiflung nahe, denn in diesen zwei Jahren der Not und Dunkelheit ist Krishna kein einziges Mal zu ihr gekommen.*

Wenn sich der Vorhang öffnet, sieht man sie unter einem Bakul–Baum am Ufer der Jamuna schlafen. Die leuchtend roten Strah-len der Morgensonne fallen auf ihr Gesicht. Es ist eine einsame Stelle, nicht einmal Badetreppen sind dort. Ab und zu kommen ein paar Dorfbewohnerinnen mit Krügen auf dem Kopf vorbei. Ein Kuckuck auf einem Ast genau über der Schlafenden beginnt zu singen. Nachdem der Vogel eine Weile seinen Ruf wiederholt hat, sieht man eine Gruppe von vier Frauen zur Jamuna gehen, um ihr Morgenbad zu nehmen. Offensichtlich kennen sie einan-der gut.

ERSTE FRAU (*kichernd*): Wie kannst du dir solche derben Witze erlauben, Sarama?

ZWEITE FRAU: Das habe ich gerne: Zuerst lachst du, und im nächsten Moment schimpfst du uns aus, weil wir dich zum Lachen gebracht haben.

ERSTE FRAU: Auch wenn man an der falschen Stelle ge-kitzelt wird, muss man lachen, oder? Man ist eben als Mensch auf die Welt gekommen. Trotzdem, meine ich, muss man über seine Grenzen hinauswachsen.

ZWEITE FRAU: Nun blas dich nicht so auf. Wir können nicht ständig so würdevoll sein wie die Eulen. Sei natürlich, oder du kommst in Schwierigkeiten, wie die Frau, die ich gestern Abend hinausgeworfen habe. Ich wollte ihr schon eine Schale Reis geben, da fing sie an zu singen, eine Art Moralpredigt über den Tod. Da habe ich ihr gesagt, sie soll sich wegscheren. Wenn jemand als Bettler endet, dann soll er keine Vorträge halten. (*plötzlich bemerkt sie* MIRA) Gott im Himmel! Da ist das Bettelweib ja!

ERSTE FRAU (*schaut sie genau an*): Wie schade, dass du sie hinausgeworfen hast. Wenn die nichts weiter ist als ein Bettelweib, dann ist die Morgensonne nur eine golden glänzende Scheibe.

ZWEITE FRAU (*ärgerlich*): Ach, red' doch keinen Blödsinn!

DRITTE FRAU (*stößt einen Überraschungsruf aus*): Sarala hat recht! Seht doch die Figur, die sie an sich presst! Nein, die hat bessere Tage gesehen, das sage ich dir, Sarama.

ZWEITE FRAU (*zynisch*): Umso schlimmer für sie. (*schaut sie kritisch musternd an*) Ja, Kamla, ich stimme dir zu. (*sarkastisch*) Ein klarer Fall· Es ist die alte Geschichte! Ihr Schmetterling von Liebhaber hat sie ausgesaugt und ist dann zu einer anderen weiter geflattert, die ihm noch etwas Nektar zu bieten hatte.

VIERTE FRAU (*kichernd*): Weise hast du gesprochen, Sarama. Und doch werden immer wieder Mädchen auf Männer hereinfallen.

ERSTE FRAU (*spitz*): Und Hausmütter werden immer wieder über solches Frauenschicksal in Tränen zerfließen. Als ob man je eine Frau verführen könnte, die nicht verführt werden will! Aber wozu vom Teufel sprechen, hier vor dieser frommen Pilgerin?

VIERTE FRAU (*gekränkt*): Das ist der alte Fehler aller abergläubischen Leute. Wo nichts ist als ein Glühwürmchen, sehen sie einen leuchtenden Stern.

ZWEITE FRAU: Stimmt! (*vernichtend*) Sie fromm zu nennen, bloß weil sie eine Figur von Gopal mit sich schleppt, um heilig auszusehen! Schöne Heiligkeit! Die wissen doch genau, dass sie gar keine andere Chance haben, als sich zum erhabenen Engel aufzuspielen, den wir armseliges Menschenvolk überhaupt nicht würdigen können.

ERSTE FRAU: Was soll denn dieses Gerede? Als ob wir allwissend wären und alles beurteilen könnten und genau wüssten, dass Männer Erzbösewichter sind und Frauen nichts als Schauspielerinnen – anwesende natürlich ausgenommen!

ZWEITE FRAU: Was nimmst du dir heraus, du gemeines, neidisches, unverschämtes –

MIRA (*erwacht aus ihrem Schlaf*): Oh … wer … wo bin ich? Und wer seid ihr?

ERSTE FRAU: Du bist in Brindaban, Schwester! (*ironisch*) Und wir sind deine Richterinnen, makellos und unfehlbar.

ZWEITE FRAU: Die Zunge soll dir verdorren!

DRITTE FRAU: Warte nur, bis wir nach Hause kommen –

VIERTE FRAU: Lasst uns jetzt baden gehen.

Aufgebracht gehen sie zur Jamuna.

MIRA (*blickt ihre Sympathisantin an*): Warum bist du nicht mit ihnen gegangen?

ERSTE FRAU: Ich hatte gesagt, du seiest eine fromme Pilgerin, und sie meinten, ein gefallenes Mädchen. Darüber haben wir uns verzankt.

MIRA (*lächelt matt*): Da hast du einen aussichtslosen Fall vertreten, meine freundliche Schwester! Du solltest lieber nicht einmal auf meinen Schatten treten! Ich bringe Schwierigkeiten und Verdruss, wohin ich auch gehe. Deshalb musste ich auch mein Zuhause verlassen – Seinetwegen (*sie zeigt auf die* STATUETTE) – weil Er es mir befahl. (*sie seufzt*) Aber sobald ich meinen Ankerplatz verlassen hatte, verschwand Er leider ganz. (*traurig lächelnd*) Deshalb war dein Mitgefühl in diesem Fall fehl am Platz, und die Hartherzigen hatten recht – wie überhaupt meistens.

ERSTE FRAU: Sei doch nicht so verbittert, Schwester. Natürlich ist die Welt trübe, aber man *hat* doch die Möglichkeit, ein kleines Licht anzuzünden. Und wenn man das kann, soll man es lieber auch tun, anstatt die Dunkelheit zu verdammen.

MIRA (*blickt sie unverwandt an*): Du bist klug, Schwester! ... Ich war auch einmal klug – lange ist das her. Aber du hast mich missverstanden. Ich habe mich von der Welt distanziert, aber nicht von Gopal. Wenn ich im Leben nicht zu Ihm kommen konnte, dann muss mich der Tod zu ihm bringen ... das Leben verbirgt ... aber der Tod enthüllt.

ERSTE FRAU: Sprich nicht vom Tod, Schwester. Komm in mein Haus.

MIRA: Nein, du freundliche Seele! Du wirst meinetwegen nur Schwierigkeiten bekommen. Bitte, dränge mich nicht. Geh jetzt. Du siehst ja, die dort haben dich nur meinetwegen schon ausgestoßen. Außerdem möchte ich mit Ihm allein sein.

ERSTE FRAU (*bedauernd*): Aber du siehst krank aus. Wer kümmert sich um dich, wenn dir etwas geschieht?

MIRA: Ein Strohhalm wird von der Flut weggefegt. Jeder denkt vielleicht, dass er vom Strom getragen wird. Aber kümmert das den Strom? Er rauscht einfach weiter. (*sie zwingt sich zu einem Lächeln*) Es stimmt, ich war verbittert. Aber nichts dauert ewig, Schwester, nicht einmal die Finsternis der Totenwelt. Ich habe viel gelitten, und doch ... habe ich nicht selbst im tiefsten Leiden noch Freude gefunden?

ERSTE FRAU (*seufzend*): Nun gut, Schwester, es wird auch spät. Aber versprich mir, dass du zu mir kommst, wenn du hungrig bist. Meine Hütte ist dort um die Ecke, gegenüber diesem Tempel. Ich heiße Sarala. Vergisst du es nicht?

Die drei Frauen kommen zurück, von ihrer Neugier getrieben, die noch stärker ist als ihre rechtschaffene Empörung. Die ERSTE FRAU *schürzt die Lippen, kehrt ihnen den Rücken und geht zur Jamuna.*

DRITTE FRAU *(gebieterisch)*: Wie heißt du, Frau?

MIRA: Du kannst mich nennen, wie du willst. Mir ist das gleich.

ZWEITE FRAU: Ich würde dich ein Bettelweib nennen, ein verrücktes noch dazu.

MIRA *(lächelnd)*: Recht hast du. Aber das sind wir schließlich alle.

VIERTE FRAU *(aufgebracht)*: *Wir* sind überhaupt nicht verrückt, und wir betteln auch nicht.

MIRA: Umso schlimmer für euch. Solange ihr nicht lernt, um Seine Gnade zu bitten, bleibt ihr stehen, wo ihr seid. Nicht einmal eure Beschränktheit ist euch bewusst. Und diese Ignoranz ist noch ein bisschen schlimmer als das, was ihr Verrücktheit nennt.

DRITTE FRAU *(mischt sich ein)*: Ganz unrecht hat sie nicht. *(zu* MIRA*)* Frau! In einem Punkt haben wir uns geirrt: ein Bettelweib bist du nicht. Aber dein Lebenswandel ist ein Jammer: sich mit allem Volk gemein zu machen, den Schleier wegzuwerfen, was keine ehrbare Frau tut. Du solltest dich wirklich schämen!

MIRA *lächelt, verbeugt sich vor der* STATUETTE*, die vor ihr steht, und singt:*

> *Warum, Liebster, sollte ich mich schämen,*
> *warum das Gesicht verhüllen?*
> *Hab ich doch alles aufs Spiel gesetzt,*
> *um Gnade zu finden vor dir.*

Die Frauen blicken einander an, zugleich entzückt und verwirrt vom Zauber ihrer Stimme.

MIRA *singt weiter:*

> Manche nennen mich verrückt
> und halten sich selbst für gescheit.
> Sie tragen Girlanden der Täuschung zur Schau,
> Mira flicht deinen Kranz aus Glück.

Sobald das Lied endet, ist der Bann gebrochen, und sie finden wieder Worte.

DRITTE FRAU: Ach wirklich! Wir leben alle in ständiger Täuschung, und sie ist die vom Glück begnadete. Wenn das keine Selbstgefälligkeit ist!

VIERTE FRAU: Selbstgefälligkeit? Das ist noch viel zu mild gesagt, Kamla.

ZWEITE FRAU: Was soll das alles? Wozu kümmern wir uns überhaupt um solche Straßendirnen? Kommt, wir gehen!

DRITTE FRAU: Wartet! Ich will es ihr erst heimzahlen. (*heftig zu* MIRA) Frau, du hast uns in Versen vorgesungen, was du von uns hältst. Das Kompliment möchte ich dir in Prosa zurückgeben. (*immer lauter werdend*) Wir hatten zuerst Mitleid mit dir. Aber wir haben uns getäuscht. Du bist das Mitleid nicht wert. Du lebst nicht nur in Schande, du prahlst auch noch damit, du schwarze verlorene Seele! Aber denk daran: Der Tag der Abrechnung kommt bestimmt, und dann musst du deinen Hochmut teuer bezahlen. Du lebst von Lüge und Betrug: stellst dich als Gottsucherin hin und weißt doch genau, dass du nicht mehr zu retten bist. Komm, Sarama! Kamla, komm! Hier ist sogar die Luft verpestet.

Sie machen sich in Richtung der Jamuna davon. MIRA *schaut ihnen gedankenverloren nach. Bald verschwinden sie aus dem*

Blickfeld. Die Sonne steht jetzt schon recht hoch am Himmel. Auf MIRAS *Gesicht glänzen feine Schweißperlen im Sonnenlicht, das zwischen den Blättern durchdringt. Eine Zeitlang bleibt sie scheinbar geistesabwesend sitzen. Dann richtet sie den Blick auf die* STATUETTE.

MIRA (*den Tränen nahe*): Hast du sie gehört, Gopal? Es steht doch geschrieben, dass nichts in der Welt ohne deine Billigung geschieht. Hast du also erlaubt, dass sie so gemein über mich hergezogen sind? (*sie schüttelt den Kopf und wischt sich die Augen*) Nein. Ich will nicht versuchen, Sein Herz mit Tränen zu rühren, wenn ich Ihn mit meiner Liebe nicht erreichen konnte. Und vielleicht ... wer weiß ... führt Er mich auf diese Weise zur Erlösung, weil ich sonst in Blindheit verharren würde. Vielleicht konnten nur solche Demütigungen mir die Augen dafür öffnen, was ich wirklich bin ... Ja, vielleicht bin ich gar nicht, wofür ich mich hielt: Ich habe die Liebe nur geschauspielert, und in Wirklichkeit wollte ich mich Ihm gar nicht geben. Vielleicht ist Er deshalb zwei lange Jahre nicht zu mir gekommen. Ja ... (*sie schaut auf die* STATUETTE, *und wieder werden ihre Augen feucht*) ... Nur eins begreife ich nicht, Gopal: Ich habe doch alles, was mir lieb war, auf dein Geheiß zurückgelassen. Ich hätte nur zu meinem Vater gehen brauchen, und er hätte mich mit offenen Armen empfangen. Wieso empfand ich, dass selbst er ein Fremder ist? Seltsam ist dein Spiel, Herr!

Sie blickt wehmütig auf die STATUETTE *und singt unter Tränen:*

> *Der Weg zur Einheit mit dir, oh Herr,*
> *ist jenseits des kühlen Verstands.*
> *Verwirrend die mystische Melodie,*
> *mit der du die Menschheit führst.*

Ich lernte, in Tränen der Schwermut zu lachen,
verlor alles, um dich zu gewinnen,
gelangte zur Quelle; mein Ich verschmolz
mit deinem ewigen Sein.

Du zogst mich ohne Erbarmen fort,
von allem, was mir einst lieb war.
Bis auch der Gefährte, den ich einst geschätzt,
ins ferne Jenseits entschwand.

Furcht und Scham habe ich abgelegt
auf der einsamen Suche nach dir.
Fremd und kalt sind die Menschen zu mir,
seit du Freund für immer mir bist.

Sie legt sich erschöpft nieder und wiederholt Gopals Namen, bis sie mit der STATUETTE *in ihren Armen einnickt.*

Zwei finster aussehende Räuber kommen vorbei und bleiben vor der hingestreckt Liegenden stehen.

ERSTER RÄUBER: Sieh da, eine Bettlerin! Was für ein schönes, klares Gesicht sie hat!

ZWEITER RÄUBER: Nun werd nicht wieder gefühlsduse-lig! Es ist immer dasselbe mit dir. (*Er beugt sich über sie.*) Sieh mal hier. Sie hat da eine Figur und drückt sie an ihre Brust! Ich sage dir, das ist kein Bettelweib.

ERSTER RÄUBER: (*beugt sich ebenfalls herab*): Du hast recht. Da! Die Figur hat Brillantohrringe!

ZWEITER RÄUBER (*skeptisch*): Sehr unwahrscheinlich! Woher soll sie ... (*beugt sich tiefer herab, um die Ohrringe zu inspizieren und fährt erstaunt hoch*) ... Tatsächlich! Gott ist gnädig! Morgen sind wir reich!

ERSTER RÄUBER (*rasch*): Nein, Bruder, lass sie in Ruhe!

ZWEITER RÄUBER (*erstaunt*): Sie in Ruhe lassen? Hast du den Verstand verloren? So eine Chance bekommt man nicht alle Tage. Unser gnädiger Gott –

ERSTER RÄUBER (*fährt ihm ins Wort*): Wir sollten Gott lieber nicht als unseren Komplizen ansehen! Wir müssen einen neuen Anfang machen. Es ist höchste Zeit dafür. Ich sehe hier die Vorsehung am Werk. Das ist eine fromme Pilgerin. Warte, ich hole etwas Wasser für sie. Sie scheint ohnmächtig zu sein.

ZWEITER RÄUBER: Bist du denn ganz und gar verrückt geworden, du Schwachkopf? Du weißt ganz genau, was das für eine ist. Das Weib ist eine alte Sünderin. (*hämisch*) Die Sorte kennen wir doch. In Brindaban wimmelt es von diesen Huren –

ERSTER RÄUBER: Sprich nicht so gemein über sie! Ich würde sie am liebsten Mutter nennen.

ZWEITER RÄUBER (*sarkastisch*): Bravo, endlich wieder vereint mit der lange verlorenen Familie! Für einen geborenen Einbrecher ist das genau die richtige Mutter! Aber wir haben jetzt keine Zeit zu verlieren. Bald kommen die Leute zum Baden. Es wäre der reine Schwachsinn, diese Gelegenheit zu verpassen. (*er zerrt an der* STATUETTE)

ERSTER RÄUBER (*umklammert seine Hand*): Nein, ich lasse das nicht zu!

ZWEITER RÄUBER (*erbittert*): Sei doch kein Idiot ... lass meine Hand los, sage ich ... sonst bringe ich dich um.

MIRA (*wacht auf*): Was? ... Oh Gopal! ... Gopal! (*sie drückt die* STATUETTE *verzweifelt an ihre Brust*)

Der ZWEITE RÄUBER *gibt seinem Gefährten einen heftigen Stoß. Dann schlägt er* MIRA, *die sich verzweifelt wehrt, brutal auf die Schläfe. Sie fällt auf einen Stein. Er reißt ihr die* STATUETTE *aus den Armen und rennt fort.*

ERSTER RÄUBER (*erholt sich wieder*): Keine Sorge, Mutter! Der kommt nicht weit!

Er jagt dem anderen nach.

MIRA (*setzt sich auf; ihre linke Schläfe ist verletzt, Blut rinnt ihr über die Wange*): Wer bin ich? Mira, die Königin von Mewar? Oder war das vielleicht alles ein Traum? Wollte ich gerne Königin sein und träumte schließlich, ich sei eine? (*Sie schaut sich um*) Und wo bin ich, die Träumerin? In Brindaban? Der Fluss dort, ist das die blaue Jamuna, von der ich so schön träumte? (*sie schüttelt den Kopf*) Habe ich den Verstand verloren? Nein. Ich bin Mira, früher Prinzessin, jetzt eine Bettlerin. Das alles kann doch kein Traum sein! Schaue ich nicht gerade im Schatten eines Bakul-Baums auf die Jamuna? Da – der Kuckuck ruft! Wie könnte ich das alles träumen? Mein Gopal hat mir aufgetragen hierher zu kommen, um jemanden zu finden – wen? Ja, meinen Guru, Sanatan! Aber wo ist mein Gopal? (*sie unterdrückt ein Schluchzen*) Wie soll ich den Guru finden, wenn der Eine, der mich ihm anvertraut hat, nicht mehr da ist? Kann eine Gestalt unwirklich sein und doch eine wirkliche Stimme haben? (*sie späht nach oben durchs Geäst*) Wer singt denn da? Ein Kuckuck! Singst du so fröhlich zu Seinem Lob? Sei auf der Hut! Ich habe auch Loblieder auf Ihn gesungen, und mit abwechslungsreicheren Melodien als du. Aber sei gewarnt! Sieh, wo ich mit meiner Begeisterung gelandet bin! Willst du genauso hilflos werden wie ich und auf den Sandbänken der Verzweiflung stranden? Dann sing weiter, wenn du keine Vernunft annehmen willst. (*sie bemerkt das Blut an ihren Händen*) Was ist denn das? Bin ich nicht Mira, die Königin, die verrückt wurde, weil sie den Einen wollte, der nirgendwo zu finden war? Mira, die einen Schatten, ein Nichts aus Luft ans Herz drücken wollte? (*sie schaut sich um*) Alles ist noch da, und doch ist nichts geblieben, ohne meinen Gopal. (*sie bricht in heftiges Schluchzen aus*) O Gopal, wo bist du? Warum bist du zu mir gekommen und hast mich in dich verliebt gemacht? Du sagtest, ich sei dir lieber als die Luft den Vögeln, als das Licht den Blumen, als das Wasser der Erde. Aber was hat mir deine Liebe am Ende gebracht? Nur Leid und Plagen, Schimpf und Schande, Qualen und Trübsal! Was ist das für ein Spiel? Warum hast du – die Seele des Lichts – mich in den Schoß der Nacht geführt? Worin habe ich gesündigt? Du befahlst mir, alles hinter mir zu lassen und nach Brindaban zu wandern, um dich hier in meinem Guru wiederzufinden. Aber dann bist du selbst verschwunden! Aus Tagen wurden Wochen, aus Wochen Monate, aus Monaten Jahre. Zwei lange, mühsame Jahre hast du mich allein gelassen ... kein einziges Mal bist du zu mir gekommen, nicht einmal im Traum. Du hast mir nur immer wieder gezeigt, dass die Nacht endlos sein kann ... dass man lernt, Schmerz zu ertragen, damit man nur noch mehr stöhnen kann. Und immer noch geht dieses Possenspiel weiter: Dein Kuckuck singt, die Bäume rauschen, die Flüsse plätschern! Wozu? Um die Illusion aufrechtzuerhalten, dass diese deine Welt ein Ort der Seligkeit und der Schönheit sei ... dass nicht alles nur *Maya* ist? Wie soll man dann alles, was geschehen ist, erklären? Hier bin ich, in Lumpen gekleidet, halbverhungert, blutend, und mein einziger Besitz, die kleine Figur von dir, die mir lieber war als der eigene Atem – dieser einzige Schatz musste mir nun auch noch genommen werden! (*sie wischt sich die Tränen ab, steht dann mit plötzlichem Entschluss auf und geht mit unsicheren Schritten ans Ufer der Jamuna*) Ja, das ist das Ende. Soll jetzt der Vorhang fallen. Niemand wird mich vermissen oder um mich trauern. Die Zeichen sind klar. Was von mir bleibt, soll auf den sorglosen Wellen dieses blau dahinfließenden Schlafs weggetragen werden. Welches Ende könnte passender für mich sein? Konnte ich doch nicht einmal meinen Gopal bei mir behalten! (*sie setzt sich auf eine Sanddüne und schwankt leicht, während sie in den Himmel schaut*) Nur eine letzte Bitte, Herr! Beurteile mich nicht danach, was ich vielleicht in der Verbitterung gesagt habe. Wenn wir dich auch nicht verstehen – du wohnst in allen Herzen, du verstehst bestimmt. Du, das Licht, wirst der Blindheit im Herzen der Nacht verzeihen. Ich nehme alles zurück, was ich sagte. Gewiss habe ich das alles verdient. Trotzdem bitte ich dich inständig, mir deine Gnade zu gewähren, die ich nicht verdient habe. Indem ich dich liebte, verlor ich alles. Aber ich will mich nicht beklagen. Du allein weißt, Herr, warum wir mit unserem Verstand verleugnen, was wir aus tiefstem Herzen lieben. Vergib mir und gewähre mir diese eine Gnade: Wenn der letzte Lichtschein in meinen müden Augen erloschen ist – dass ich dann in meinem letzten Atemzug zu dir, nur zu dir bete, und ... wenn ich noch einmal wiedergeboren werden muss, lass mich dankbar sein, damit ich nicht wieder weine, wenn deine himmlische Liebe mich den Trugbildern des Sumpflands entziehen will. In diesem Leben habe ich es nicht erreicht. Ich konnte mich nicht entschließen, für deine Gnade dankbar zu sein, die herabgekommen war, um mich von der Blindheit zu befreien, an die ich mich klammerte. Freiwillig stellte ich mich selbst auf die Schattenseite, bis der immer stärker werdende Schmerz mich meine Untreue erkennen ließ. Und dann sah ich zu meiner bitteren Demütigung ein, dass ich mit dir ein Geschäft hatte machen wollen: Solange wollte ich dich lieben, wie du mir dafür Freude schenktest. Aber als du mir zeigtest, wie es auf *deine* Weise gehen sollte, da wollte ich nicht mehr mitspielen. Ich bestand darauf, dass du unter *meinen* Bedingungen zu mir kämest. Jetzt ertrage ich mein Leben nicht mehr. Wer Treue nicht mit Treue erwidert, sollte sterben. Ich werfe meinen Körper jetzt in die Jamuna. (*mit tränenerstickter Stimme*) Ich weiß nicht, wohin ich komme, oder ob ich überhaupt existieren werde, wenn mein Herz nicht mehr in diesem Körper schlägt. Aber wenn ich wiedergeboren werden sollte, gewähre mir, Herr, in deiner grenzenlosen Gnade, dass ich mich an dich allein halte und lieber den schlimmsten Schmerz freudig ertrage, wenn ich dadurch zu dir komme, als das Licht von tausend Sonnen weltlichen Glücks zu genießen.

Als sie sich gerade in die Jamuna werfen will, hat sie die Vision KRISHNAS, *der lächelnd vor ihr steht.*

MIRA (*schwankt, fällt beinahe hin*): Oh Gopal ... Gopal ... Gopal ...

KRISHNA (*nimmt sie in die Arme*): Mira!

MIRA (*lehnt ihren Kopf an Seine Schulter*): Oh Gopal! (*plötzlich weicht sie zurück*) Nein, nein, das ist bestimmt wieder ein Traum oder ein Trugbild, das gleich wieder verschwindet und mich dann in noch tieferer Finsternis zurücklässt. (*sie bebt vor ekstatischer Freude*) Oh ... oh ... oh ... Was für ein Traum ist das bei vollem Bewusstsein? Ich sehe dich überall! Alles ... Alles bist *du*, Gopal ... jedes Staubkörnchen, jeder Stein und jeder Baum ... die Kuh, die ihr Kalb ableckt ... der glitzernde Tau auf dem Gras ... die flinken Ameisen ... die flatternden Schmetterlinge ... das Chamäleon, das auf seine Beute lauert ... alles, alles ist erfüllt von *dir*! Dort sitzt der Kuckuck ... aber *du* bist es, der singt – nicht der Kuckuck! (*eine leichte Brise weht vorbei*) Die Blätter rauschen, aber in ihrem Rauschen höre ich *deine* Stimme. Du bist sogar die beiden Diebe, Gopal! Ich kann sie deutlich sehen. (*sie späht in die Ferne*) Sie streiten sich ... jetzt prügeln sie sich. (*sie schreit auf*) Oh, jetzt ist die STATU-ETTE zu Boden gefallen, und der Mann, der sie festhielt, mit ihr. Der andere hebt sie auf und kommt auf uns zu gerannt. Oh Gopal, was wird jetzt geschehen?

KRISHNA (*ironisch*): Nichts Welterschütterndes: Er wird dir die Statuette zurückgeben.

MIRA (*klatscht in die Hände*): Oh Gopal! Ich will nur noch singen und singen und tanzen und tanzen.

KRISHNA (*stöhnend*): Und ich will nur noch seufzen und seufzen, bis ich dahinschwinde, weil mein Rivale, die STATUETTE, mich besiegt hat.

MIRA (*lacht*): Alle ändern sich, aber du bleibst immer derselbe!

KRISHNA (*anklagend*): Wie kannst du so etwas sagen? Ich werde doch immer weiser und auch etwas trauriger!

MIRA (*schürzt die Lippen*): Du, trauriger? *Du* lachst doch immer nur und spielst auf deiner herzlosen Flöte, während wir uns nach dir verzehren und jammern und wüten, bis wir den Glauben an das Leben selbst verlieren!

KRISHNA. Das ist deine ständige Klage, nicht meine. Was kann ich schon tun, wenn du unbedingt leiden willst und meine Glückseligkeit zurückweist?

MIRA (*schnappt nach Luft*): Das ist ja umwerfend, Gopal! *Wir* weisen deine Glückseligkeit zurück! Habe ich vielleicht nur geschauspielert, als ich mich gerade in die Jamuna werfen wollte, außer mir vor Schmerz?

KRISHNA (*fällt ihr ins Wort*): Was für Schmerz? Gib mir ein Beispiel.

MIRA: Ein Beispiel? Nun gut, sieh dir doch meine blutende Schläfe an!

KRISHNA (*mit einer Unschuldsmiene*): Man hat eine Menge Blut, mehr als genug. Die Ärzte verwenden manchmal Blutegel –

MIRA: Ach, treib mich nicht wieder zum Wahnsinn. Ich habe einen brennenden Schmerz in der Schläfe.

KRISHNA: Unsinn! Fühle nur mit dem Finger hin. Die Wunde ist vielleicht da, aber an dem Schmerz möchte ich zweifeln.

MIRA (*unsicher*): Du zweifelst an dem Schmerz in der Wunde? (*sie berührt die offene Wunde vorsichtig mit dem Finger*) Wie kommt denn das? Es tut wirklich überhaupt nicht weh!

KRISHNA (*nimmt sie in die Arme*): Und das wird es von jetzt an auch überhaupt nicht mehr. Du hast die letzte Befreiung aus der Welt des Karma und des Leids erlangt. Diesmal bin ich zu dir gekommen, um für immer zu bleiben. Aber jetzt muss ich zu meinem Verehrer gehen, zu deinem Guru. Denk daran, in diesem letzten Abschnitt deines Lebens musst du ihm dienen.

MIRA: Als ob ich dir noch ein Wort glaubte! Diesmal entkommst du mir nicht!

Als Er an ihr vorbeischlüpfen will, hält sie Ihn fest.

KRISHNA (*entwindet sich ihrer Umklammerung*): Fang mich doch! (*Er lacht triumphierend*) Siehst du, ich kann jederzeit gehen, wenn ich will. (*Er bleibt in einiger Entfernung stehen und lächelt verlockend*)

MIRA *revanchiert sich mit einem improvisierten Lied*:

> *Meine Frauenhand ist nicht so stark,*
> *Wie könnte ich lange dich halten*
> *in meinen Armen, o Herr?*
> *Doch selbst wenn du wolltest,*
> *so könntest du nicht*
> *aus meinem Herzen entfliehen.*

KRISHNA *lacht und improvisiert eine schlagfertige Antwort*:

> *Wann hätte Krishna je getäuscht*
> *ein sehnendes, hilfloses Herz,*
> *das trauert, wenn Er nicht mehr singt?*

Doch alle, die zu grüßen Er kam,
verschmähten stets Seine Gnade,
und nennen Ihn doch ihren Herrn.

(*Er lächelt wehmütig*) Also muss ich warten, bis du mich akzeptierst.

MIRA (*flehentlich*): Bitte, geh nicht! Bleibe wenigstens, um den braven Mann zu segnen, der da gerade kommt und deine STATUETTE zurückbringt.

KRISHNA (*mit bezauberndem Lächeln*): Mira, wisse, dass mein Segen auf jedem ruht, der zu dir kommt.

Er wird unsichtbar, während der ERSTE RÄUBER *mit der* STATU-ETTE *auftritt.*

RÄUBER (*stellt die* STATUETTE *vor sie nieder*): Mutter, hier ist Euer Gott! (*er senkt den Kopf*) Segnet mich, dass Er mir gnädig sei.

MIRA (*mit belegter Stimme*): Mein Sohn ... Du bist schon von Ihm gesegnet.

RÄUBER (*unter Tränen*): Nein, Mutter! Ich bin ein Sünder, ein gemeiner Dieb. Ich bin Seiner Gnade nicht würdig.

MIRA: Mein Sohn, keiner steht so hoch, dass er behaupten könnte, er sei Seiner Gnade würdig, und niemand steht so tief, dass man ihn für unwürdig erklären müsste. Krishnas Gnade folgt ihren eigenen Gesetzen.

RÄUBER (*fällt ihr zu Füßen*): Mutter, ich kenne Ihn und Seine Gnade nicht. Ich weiß nur, dass mein Herz sich vor Euch verneigt hat, sobald ich Euch sah. Es sagte mir, dass mir mit dem Segen Eurer Heiligkeit die Höllenstrafe erspart werden würde.

MIRA: Ich erhebe keinen Anspruch auf Heiligkeit, mein Sohn. Ich bin einfach eine Bettlerin in Seinem Namen.

RÄUBER (*lächelnd*): Mutter, versucht nicht, mich zu täuschen. Wisst Ihr, was geschah? Ich fühlte – zum ersten Mal in meinem Leben – einen machtvollen Glücksschauer, als ich Euch zufällig berührte. Und ich hörte eine Stimme, eine ganz klare Stimme, die sagte: „Nur sie, die verkörperte Gnade Krishnas, kann dich retten." Glaubt Ihr, ich hätte sonst jetzt eben meinen besten Freund niederschlagen können? Oh, da kommt jemand. Ich muss fort! Ich komme später wieder zu Euch, ehrwürdige Mutter.

Während er nach links abgeht, tritt RAO RAJA RATAN SINGH *von rechts auf, gefolgt von* MADAN, *dem Tempelpriester von Udaipur.*

MIRA: Oh, Vater!

RATAN SINGH: Nach langer, langer Zeit –

MIRA *eilt zu ihm hin. Er schließt sie fest in seine Arme. Nach einer Weile lässt er sie los und wischt sich die Augen.*

RATAN SINGH (*schmerzerfüllt*): Ach, meine Tochter! Dass ich dies ansehen muss! (*Er schlägt sich vor die Stirn.*)

MIRA (*hält ihn fest, abwehrend*): Oh, bitte nicht, Vater!

RATAN SINGH (*untröstlich*): Mein Gott! Warum, warum ...

MIRA (*unterbricht ihn*): Weil es sein musste, Vater.

RATAN SINGH (*schüttelt heftig den Kopf*): Nein, Mira, das sehe ich nicht ein. Es hätte auch anders sein können und wäre bestimmt anders gekommen, wenn dein Vater nicht in Wirklichkeit dein schlimmster Feind gewesen wäre.

MIRA: Ach, was redest du denn, Vater? Du warst mein bester Freund!

RATAN SINGH (*bedeckt sein Gesicht mit den Händen*): Ein blinder, blinder Narr, das war ich.

MIRA (*bestimmt*): Nein, Vater! Durch deine Blindheit, wie du es nennst, habe ich etwas gesehen, was ich sonst nie gesehen hätte: nämlich, dass alles *Maya* war.

RATAN SINGH: Maya? Wieso Maya? Dich zur Heirat zu zwingen, einen üblen Trick zu gebrauchen. Ich –

MIRA (*fällt ihm ins Wort*): Auch der Trick musste sein. Denn ohne ihn hätte ich nie geheiratet, und wenn ich nicht geheiratet hätte, würde ich heute das Leben einer verhätschelten Prinzessin führen, statt wie jetzt eine gesegnete Bettlerin in *Seinem* Namen zu sein.

RATAN SINGH: Mach dich nicht über mich lustig, Mira. Ich war wohl blind, aber ein Dummkopf bin ich nicht. Dich in Lumpen zu sehen – nur noch ein Schatten dessen, was du früher warst – wie du dein Brot auf der Straße zusammenbettelst – mein Gott, ist das nicht Strafe genug?

MIRA: Vater, glaube mir bitte: Ich habe das nicht zum Spott gesagt. Im Gegenteil, heute habe ich klarer als je zuvor erkannt, was aus mir geworden wäre, wenn du mich nicht, ohne es zu wissen, gezwungen hättest, das alles durchzumachen.

RATAN SINGH (*bewegt*): Ich weiß, Mira. Dieser gute Mann (*er zeigt auf* MADAN) erzählte es mir. Aber ich erfuhr das erst, als du Mewar schon verlassen hattest. Ich sandte meine Leute überall hin, aber nirgends war eine Spur von dir zu finden. Ich setzte eine enorme Belohnung aus, aber vergebens. Jede Nacht träumte ich von dir. Ich konnte keinen Frieden finden: Ich konnte mich um nichts mehr kümmern, und schließlich bin ich zusammengebrochen – aber lassen wir das. Ich musste für meine Verfehlung büßen. Wir sollten jetzt nicht bereuen, was, wie du meinst, geschehen musste. Was passiert ist, kann nicht ungeschehen gemacht werden. Aber *jetzt* komm zurück mit mir.

MIRA: Nein, Vater! Ein verbranntes Samenkorn trägt keine Frucht mehr. Ich gehöre hierhin, in den Staub und die Armut, nicht mehr in Paläste und Staatskarossen. (*ihre Augen werden feucht*) Sei meinetwegen nicht traurig, Vater! Keine vergängliche Herrlichkeit könnte mir geben, was ich durch Seine Gnade erlangt habe. Wenn man den Ruf einmal gehört hat, kann man ihn nie mehr vergessen.

RATAN SINGH: Meine Tochter, ich bitte dich inständig, quäle mich nicht so. Du hast vielleicht alles verloren, aber solange ich lebe, soll es dir an nichts fehlen. Deine Geschwister und mein ganzes Volk werden dich mit offenen Armen empfangen –

Er bricht ab, als sich MIRAS *Gesichtsausdruck plötzlich ändert und sie verzückt zu singen beginnt:*

> *Mein Herz ist vermählt mit dem Einen,*
> *es sehnt sich nur noch nach Ihm.*
> *Ich tanze zu Seinen Rhythmen,*
> *deren Echo ich nur bin.*
> *Er spielt Seine magische Flöte*
> *und wirbelt ekstatisch im Kreis.*
> *Seine Schönheit begeistert das Auge,*
> *wie die Sonne, die es doch nicht erträgt.*
> *Der gekrönt ist mit Pfauenfedern,*
> *ich sehne mich nur noch nach Ihm.*
> *Ich tanze zu Seinen Rhythmen,*
> *deren Echo ich nur bin.*
>
> *Reichtum und Stolz wies ich von mir,*
> *bin Königin nun nicht mehr,*
> *verließ Vater und Mutter und Freunde,*
> *die ich liebte in dieser Welt.*
> *Den Heiligen gehört meine Seele,*
> *Verleumdung fürchte ich nicht mehr,*
> *ich tanze zu Seinen Rhythmen,*
> *deren Echo ich nur bin.*
>
> *Der Würfel fiel: alle Welt weiß:*
> *Königin bin ich nicht mehr.*
> *Der Tropfen zurückfand zum Ozean,*

sorglos und heiter und rein.
Geborgen zu Füßen des Meisters,
nach dem Miras Herz sich gesehnt.
Ich tanze zu Seinen Rhythmen,
deren Echo ich nur bin.

MADAN (*demütig bittend*): Mutter, verzeiht mir die Vermessenheit, aber Ihr könnt doch überall zu Seinen Rhythmen tanzen, denn Er ist Euer für immer. Euer Vater hat ja schon klar gesagt, dass Ihr in seinem Palast herzlich willkommen seid. Darf ich nun auch im Namen der Bürger von Mewar eine Bitte vortragen? Seit Ihr uns Eure segensreiche Anwesenheit entzogen habt, gab es Jahr für Jahr schlimme Dürrezeiten. Wir alle bitten Euch zurückzukommen. Heute sehen Euch alle als die gute Göttin von Mewar an. (*zögernd*) Und ich kann Euch verraten, dass Eure Schwägerin teuer für ihre Schurkerei bezahlen musste. Das wütende Volk hat sie erschlagen, als bekannt wurde, dass sie Euch gezwungen hat, Gift zu trinken. Auch der Maharana sagte mir, er selbst würde kommen und Euch um Vergebung bitten, wenn ich Euch finden könnte. Er ist eigentlich kein schlechter Mensch –

MIRA (*unterbricht ihn*): Das weiß ich, mein Sohn. Auch ihn hat Krishna erschaffen, oder nicht? Ich habe Ihn in allem und alles in Ihm gesehen. Kann man danach noch irgendjemandem grollen? Ich sehe jetzt Seine Hand in allem – aber ich fürchte, das kann ich Euch nicht erklären.

RATAN SINGH: Hör zu, Mira! Vielleicht haben wir keinen Schimmer davon, was du mit dem inneren Auge der Erleuchtung siehst. Aber was wir sehen, macht uns grenzenlos traurig. Dich so zu sehen, eine Fürstin, am Hof großgezogen – wie du jetzt obdachlos auf den Straßen umherziehst, um Almosen bettelst und Not, Schmerzen und Beschimpfungen erdulden musst –

MIRA (*fällt ihm ins Wort*): Vater, glaube mir, was ich sah, hat mich völlig verwandelt. Ich bin nicht mehr die kleine Prinzessin, die du vor Jahren auf den Knien geschaukelt hast. Ich bin zur letzten Zuflucht durchgedrungen und ich habe *gesehen*, dass alles Leid nur eine Illusion ist, nur ein Schein. Lieber Vater, höre jetzt bitte auf zu argumentieren. Lass mich hier bleiben, wo ich hingehöre, zu Füßen meines Gurudev, in meinem schützenden Hafen. Ich kann in einem Schloss nicht mehr glücklich sein, so wenig wie du in einer Elendshütte. Ich segne Euch für alles, was ich von Euch empfangen habe. Jetzt bin ich ohne Wünsche glücklich. Warum sollte ich irgendetwas bedauern? Ich habe doch alles!

RATAN SINGH (*niedergeschlagen*): Alles? Als Bettlerin in Lumpen? Ich muss wirklich über dich staunen, Mira! Nach Jahren finde ich dich, im tiefsten Elend, schutzlos dem gaffenden Pöbel ausgesetzt ... Ich finde dich krank, verwundet, halbverhungert, hilflos den Stürmen ausgesetzt, um Almosen bettelnd ... (*mit erstickter Stimme*) ... Meine Tochter! Ich bin ein gebrochener alter Mann. Nur für dich lebe ich noch ... Weise mich nicht zurück. Not und Armut sind nicht für dich ... bestimmt nicht! Der Preis für die Heiligkeit ist manchmal vielleicht höher, als man zahlen kann.

MIRA (*mit Tränen in den Augen*): Not und Armut, Vater! Ich habe doch –

Sie beginnt plötzlich wieder zu singen:

> *Zum Preis meines Lebens habe ich Krishna gekauft.*
> *„Zu teuer", sagen die Klugen.*
> *Doch Seinen Wert ermessen sie nicht,*
> *nur Mira kennt Seinen Preis.*
>
> *Wohlstand und Wissen reichen nicht aus,*
> *die Perle der Perlen zu greifen.*

Anmut und Gaben hatte ich nicht –
durch Liebe kam ich zu Ihm.

Er lässt Sich nicht fassen, doch auch ich war klug:
Er lieh mir Seinen Namen.
Den legte ich an, so wurde ich reich
und zahlte, was Er verlangt.

Mit stetigem Blick bewache ich Ihn
auf immer in meinem Herzen.
Kein Dieb kann mir rauben meinen Schatz,
kein Tod mich trennen von Ihm.

Vergebens wanderte Mira umher,
bis sie ihr Heim fand in Ihm.
Sein Name ist Krishna, den sie gewann,
Seine Liebe und Seinen Segen.

RATAN SINGH (*wischt sich die Augen*): Aber – wo willst
du leben?

MIRA: Das habe ich dir gesagt. Zu Füßen meines Gurudev.

RATAN SINGH: Dein Gurudev? Wer ist denn das?

MIRA (*lächelt und deutet auf die* STATUETTE): Der mir Ihn
brachte. Gopal hat mir aufgetragen, ihm zu dienen, bis ich
zu seinen Füßen sterbe.

RATAN SINGH: Aber –

MADAN: Mutter, darf ich –

Sie verstummen, als sie nun jemanden singen hören. Es tritt auf
SANATAN, *der auf dem Weg zu seinem Morgenbad in der Jamu-*
na singt, begleitet von seinem Schüler BIHARI.

Heb mich zu dir, mein Herr und König,
in dein glückseliges Reich,
darin du weilst als ewiges Licht,
das nur der Blinde niemals erfährt.
O Meer, zu dem alle Herzen strömen,

um aufzugehen in dir.
Wie kann ich deinen Weg beschreiten,
wenn du mein Führer nicht bist?

RATAN SINGH: Oh Gurudev! (*er kniet nieder und verneigt sich vor ihm*)

SANATAN: Schon wieder ein Raja! Ich empfange jetzt keine reichen Leute mehr.

MIRA (*grüßt ihn ehrerbietig*): Aber Gurudev –

SANATAN (*wendet sich von ihr ab*): Bihari, sage es ihr.

BIHARI (*zu* MIRA): Mutter, Gurudev hat ein Gelübde abgelegt, keiner Frau ins Gesicht zu schauen.

MIRA: Dann kann er nicht der sein, für den ich ihn hielt.

BIHARI (*verwirrt*): Ich verstehe Euch nicht, Mutter.

Zur Antwort beginnt MIRA *wieder entrückt zu singen*:

> *Heb mich zu Dir, mein Herr und König,*
> *in Dein glückseliges Reich,*
> *wo jedes Herz zu Dir hinstrebt,*
> *der Gopi-Seele gleich.*
> *Oh Brindabans einzig Verlobter,*
> *gib Antwort auf Miras Ruf:*
> *Kann, wer sich einen Mann nennt,*
> *Deine Magd und Sängerin sein?*

SANATANS *Augen glänzen.*

SANATAN (*streckt die Arme aus*): Mira, die heilige Prinzessin?

MIRA (*fällt zu seinen Füßen*): Nein, Gurudev! Mira, die Bettlerprinzessin.

RATAN SINGH *und* MADAN *bezeigen ihm ebenfalls ihre Ehrerbietung, während*

DER VORHANG FÄLLT

Epilog

Oh Krishnas Magd und Braut!
Dein Schicksal, ein gelebtes Liebeslied,
erlöste mich aus Dunkelheit und Pein.
Es setzte meine Sinne frei
von ihrer drückend menschlichen Begrenztheit,
bis ich mit dir gemeinsam weltvergessen
um unsern Brennpunkt Krishna kreisen konnte.
Dein Herz und mein Herz wurden eins.
Ich atmete und lachte, weinte,
und sang mit dir in ungetrübter Harmonie.
Geliebte Sängerin des Herrn,
deine Geschichte soll als heilige Legende ewig leben
und die geborenen Liebenden begeistern,
die sich allein nach Krishna sehnen
und noch am Recht auf ihre Sehnsucht zweifeln,
an ihrer Kraft zum Abenteuer der Entdeckungsfahrt
in solch geheimnisvolles Territorium.
Wir von Natur aus schwächlichen Geschöpfe
sind wankelmütig, flehen um Kraft und Mut,
alles aufs Spiel zu setzen, was uns wertvoll ist,
zu wagen den riskanten Weg zum Gipfel Seiner Liebe,
und lauschen dabei leider doch zurück
auf den vertrauten Lockruf aus der Niederung,
von der wir uns nun endlich lösen sollen.
Was unser Herz nicht anerkennen will,
das ködert unsern skeptischen Verstand.
Das Herz ist dem verpflichtet und vertraut,
was der Verstand für ausgeschlossen hält:

Der Glaube fühlt sich seltsam hingezogen
zu regenbogenbunten Bergeshöhen,
die unser Intellekt verspottet.
Dabei ist er doch selbst nicht froh
in seinem glaubenslosen Pferch aus halbem Licht.
Seit Anbeginn der Zeit sind wir zerrissen
zwischen der Liebe, die kein Wagnis scheut
und unsrem Zweifel, der im Dunklen taumelt.
Wir sehnen uns, verlangen nach den Sternen,
die wir am himmlischen Gewölbe glitzern sehn,
zu weit entfernt, als dass wir hinzupilgern hoffen dürften,
und doch so nah vertraut der tiefen Sicherheit,
dem mystischen Orakelspruch der Seele.
Vergebens ringen wir darum, ihn zu sezieren
mit dem Skalpell der logischen Vernunft.
Ein Bauwerk mag erzittern, doch es widersteht
noch eine Ewigkeit dem Sturm von Beben, Fluten, Wind.
Die Schönheit winkt uns zu aus namenlosen Sphären,
die wir als Heimat anzusehen nicht wagen.
Das Karma haftet an uns wie ein Schatten.
Dem Abendrot steht Sonnenaufgang gegenüber,
den ein geheimer Herold unsrem Herzen schon verkündet,
sanft wie das Murmeln eines Quells.
Die Botschaft hören wir, doch wir vertrauen ihr nicht,
denn die Vergangenheit verfemt das Kommende als Märchen.
In solchem Zwiespalt kann uns nur ein Spiel wie deins,
auf der geheimen Lebensbühne aufgeführt,
und unbeugsam durch Glauben uns anspornend
zu jenem Unerreichbaren hintreiben,
auf das wir als Geburtsrecht Anspruch haben,
auf das wir aber kaum als Gnadengabe hoffen.
So neige ich mich denn vor dir in Dankbarkeit;
erschüttert und beglückt hat mich dein Lebensabenteuer.

Liebe entzog dich den vertrauten Wurzeln
sie hob dein Herz empor zu Krishna,
dem Gipfel aller Seligkeit.
Zwei Fragen möchte ich dir nur noch stellen:
Als du zu unserm Herrn gekommen warst,
warum bist du da nicht mit Ihm,
der ewigen Seligkeit, verschmolzen?
Und warum stiegst du, ewig frische Blume,
aus dem Astralreich der Vollkommenheit herab,
um mich, den sterblichen Kloß Erde, zu besuchen?
So weit wie Sonnenuntergang vom Aufgang
war die Entfernung zwischen uns;
und niemals hätte ich mir träumen lassen,
dass du es, Mutter, wirklich bist:
Ein zartes Ätherlicht wie Sternenglanz,
den selbst die Flut der Zeit nicht löschen konnte.
Du Urbild allen Mitgefühls,
warum kamst du zu mir herab?
Begriff ich dich, o heilige Prinzessin,
doch niemals als von Menschenart!

MIRA

Ich werde dir erklären, meine Tochter,
was immer du erfahren musst.
Doch frage nicht aus bloßer Neugier.
Historie ist noch kein wahres Wissen,
so wenig wie die trockenen Verstandesfakten,
die man in Bibliotheken aufbewahrt.
Wahrhaftes Wissen kommt aus einer Quelle,
die mit der Maßschnur des Verstandes
noch niemand ausgelotet hat.
Doch wenn man einmal sie gefunden hat,
dann strömt es unerschöpflich aus ihr vor,

wie Zauberstrahlen alte Finsternis vernichten,
erhaben über Zweifel wie die Sonne selbst.
So lass ich deine Fragen ohne Antwort,
bis Du bereit bist für das heilende Licht.
Wisse nur dies: als ich den Erdenkörper aufgab,
gewährte Er mir eine Gnadengabe –
dass ich, in Ihm nun weiterlebend,
doch Namen und Gestalt behalten durfte,
mit denen ich Ihn hier umwarb und liebte,
als Mira, die Prinzessin Bettlerin,
die sich nur sehnte, Seine Magd zu sein,
und die doch Liebling Seines Herzens wurde.
Den Herzenswunsch erfüllte Er mir gnädig.
Er trug mir auf, hinabzusteigen
zu Seinen Jüngern und Verehrern,
die Ihm, wie du, mit heißem Eifer dienen
und unentwegt die Flamme hüten,
die Er in ihrem Herzen angefacht –
bis eine Zeit kommt, in der Leid nicht länger
zum Aufstieg auf die Höhen nötig ist,
die man ersehnt, doch zu ersteigen fürchtet.

(lächelnd)

Doch müssen wir das große Abenteuer wagen,
das uns so zweifelhaft erscheint
und unanfechtbar als Beweis der Welten,
die wirbeln um uns her in Zeit und Raum.
Doch nun genug des nutzlosen Geredes.

TAPATI

Vergib mir, Mutter, doch warum verachten
die Weisen allesamt das Wort als leeren Schall,
als Labyrinth der Illusion,

wenn es das Leben doch so sehr bereichert
und Liebe selbst zum Ausdruck bringen kann?

MIRA

Du hast mich missverstanden, liebes Kind.
Die Weisen haben Worte nie verachtet,
wenn sie denn hilfreich waren. Und warum?
Glühwürmchen geben auch ein wenig Licht.
Das wahre Schweigen ist kein Feind des wahren Worts.
Jede Epoche hier auf Erden nutzte
den Klang als eine Liedertreppe
zum Aufstieg auf des Schweigens Gipfel.
Der Diplomat verwirft kein Mittel,
das Seinem höchsten Ziele dienen kann.
Ein jedes Werkzeug kann sein Bote sein.
So auch das Wort, das seinen Zweck erfüllt,
wenn es in rechter Weise eingesetzt.
Nur der Verstand in seinem stolzen Dünkel
traut leider seinem schwachen Licht zu sehr
und weiß nicht recht zu nutzen, was uns Krishna schenkt.
So wird, was Zierrat sein soll, selbst zur Fessel.
Der namenlose Reichtum der Erleuchtung
kann sich durch Worte öffnen, wie es dir geschah:
Du hörtest ja, wie blinde und naive Liebe
durch lauteres Streben auch zur Weisheit kommt.
Doch was du jetzt gewinnen sollst,
kann Dir durch Worte nicht erwachsen.
Von nun an sollst du nach der Liebe streben
und nach dem Lichte jenseits heiliger Worte.
Allein der still in sich gefasste Geist
kann die geheimnisvolle Kraft gewinnen,
durch die der Mensch zum Diener Dessen wird,
der ewig todlos in den flüchtigen Dingen

in Seinem unauslotbar tiefen Spiel
die zeitlos alte, ewig neue Fühlung
von Licht und Liebe offenbart durch Nacht und Schmerz.
Um dir zu helfen, ganz Sein Instrument zu werden,
kam ich zu dir, wie ich vor Zeiten kam,
in deinen längst vergangnen Erdenleben,
gelockt von der Verwandtschaft deiner Seele –
weil du wie ich den Einen glühend liebst,
den ich auf Erden anzubeten einst verlangte.

TAPATI

Aber die Nacht ist sternenklar.
Die Wolken brauen sich zusammen
und bald wird sich ein Sturm erheben.
Die Welt stöhnt unter ihrer schweren Last.
Die edlen Seelen schreien in Verzweiflung.
Das Strahlen deiner unbedingten Liebe
ist heute für uns nur Legende noch.
Die Menschen haben ihren Weg verloren,
sind Opfer ihres Haders und Gezänks.
Wie könnte denn mein kleines Fünkchen Licht
der Finsternis den Krieg erklären?
Kann denn ein Glühwurm Schatten überwinden?
Kann denn ein Regentropfen ganz allein
die Wüste in ein Blumenmeer verwandeln?
Doch ich vertraue fest, dass Gott entschlossen ist,
die treuen Boote schließlich heimzuführen,
die mutig einst in See gestochen sind:
Wie können aber die paar kleinen Barken,
die Zuflucht schon in Seinem Hafen fanden,
Millionen aus dem Sturm der Gottesleugnung retten?
Wie kann ihr Kompass des Vertrauens
auf Krishnas schrankenlose Allgewalt

in tiefster Nacht auf den Polarstern
der reinen Liebe ausgerichtet werden,
wenn Brindaban doch nicht mehr existiert?

MIRA

Das Dörfchen Brindaban besteht vielleicht nicht mehr.
Doch Seine Liebe heiligte die Ewige Stadt.
Die Liebe, die das Silberlicht der Schönheit
entzündete in Trübsal und in Leid,
lädt immer noch ein jedes Herz
zum heiligen Stelldichein mit Ihm.
Wo immer das Versteckspiel Seiner Liebe
tiefgründig weiter wird gespielt,
gibt er auch heute Antwort durch Sein wunderbares Kommen.
Dies wird so sein bis an der Zeiten Ende,
bis jedes Herz zum Radha-Herzen wird,
in jeder Seele neu geboren als Mira,
die sich von Dunkel und von Niederlagen,
Verzweiflung oder Tod nicht mehr bezwingen lässt.
Um diese zarten, scheuen Liebesknospen
zu pflegen, zu ermutigen,
schickt Er euch Herolde und Gärtner –
ganz offenkundig oder insgeheim:
Sie alle dienen Ihm. Ich bin nur eine unter ihnen –
ein Strahl aus Seinem weiten Kreis,
ein Kraftstrom Seines hohen Willens
beseligende Segnung, alt und immer jung.
Bekannt bin ich auch als Sri Radha.

(Sie lächelt und fährt dann träumerisch fort)

Radha, die Unvergängliche, das Licht der Welt,
entstanden aus der höchsten Gnade Krishnas –
ein Wesen einzigartig, unergründlich, paradox:

178

Gastgeberin für Krishna und Sein Gast;
Sein Singen wie auch Seines Sanges Stimme
Sein Nest, Sein Himmel, Fußschmuck, Flöte, Diadem;
Sein kristalliner Kern, der Gnade reiner Spiegel,
Bild Seines tiefen Fühlens und Erbarmens;
niemals ermüdend, Seinen Ruhm zu singen;
als Zunge zum Gebet von Ihm erschaffen,
zu bitten um Sein göttlich reiches Selbst.
Radha ist Teil von Shyam [22] *auf ewig,*
zugleich ist sie von Ihm verschieden
wie Licht vom Feuer, Wellen von der See.
Verjüngt in jeder Liebeshymne,
doch alterslos wie alle Schönheit selbst
nimmt sie die Herzen, die nach Ihm sich sehnen,
als Führerin an ihre Hand.

TAPATI verneigt sich vor MIRA, die ein Lied über den Rasa-Tanz[23] singt:

Horch hin, Seine Flöte unsere Seelen durchtönt,
wie eine Wolke, die alles durchdringt!
Ihr Klang verzückt uns, unsre Herzen tanzen,
die Augen gehen über, wenn wir rufen nach Ihm.

Die Erde erhebt sich in neuem Gewand,
es schwärmen die Bienen und Rosen erblühn,
die Hoffnung, noch jung, bricht singend hervor:
im Chor mit dem Frühling: „O komm, Liebe, komm!"

---

[22] *Shyam*: „der Dunkle", ein Beiname Krishnas, der sich auf seine dunkle Hautfarbe bezieht.
[23] Der Reigentanz Krishnas mit den Gopis in den mondbeschienenen Hainen von Brindaban: Der Tanz göttlichen Entzückens mit den in der geheimen glückseligen Welt unseres Inneren befreiten menschlichen Seelen. (Definition von Sri Aurobindo)

TAPATI kommt nun aus ihrem Samadhi wieder zum normalen Bewusstsein, und die Erscheinung MIRAS löst sich auf. Sie öffnet die Augen und sieht ASIT, der zu ihrem Erstaunen in der gleichen Melodie weitersingt:

> Im Mondlicht beugt sich ein Windhauch herab,
>> die glitzernden Wellen zu küssen.
> Im Garten die Nachtigall jubelt ihr Lied,
>> dem Gott der Schönheit zum Gruß.
>
> Die Nacht ist vom Funkeln der Sterne beglänzt,
>> vom Lachen des Mondscheins erfüllt.
> Es eilen die Mädchen verliebt in den Hain:
>> Dort tanzt der Geliebte, das ewige Sein.

TAPATI

Du singst ja im Gleichklang mit ihr!

ASIT
(lächelnd)

Kann man denn anders als sie von IHM singen?

ENDE

Glossar

Ambarish

König Ambarish war ein treuer Verehrer des Gottes Vishnu. Als sein Leben durch ein dämonisches Wesen bedroht wurde, griff Vishnu persönlich ein und schützte ihn mit seiner Waffe, dem Diskus *Sudarshan* [,schöner Anblick']. (*Bhagavata Purana 9. 4.*)

Atri

Einer der sieben *Rishis* (Dichter-Seher) des *Rig-Veda*, der ältesten Dichtung Indiens. Von Atri stammen eine Reihe berühmter Hymnen an Agni, den Gott des Feuers.

Bhagavad Gita

„Der Gesang des Erhabenen": die berühmteste religiös-philosophische Schrift Indiens. In diesem in das Sanskrit-Epos *Mahabharata* eingeschobenen Lehrgedicht erläutert Krishna seinem Schüler Arjuna die Yoga-Wege zu Weisheit und Befreiung.

Brahma, Vishnu, Mahesh

Die Hindu-Trinität (*Trimurti*), bestehend aus Brahma, der den Kosmos erschafft, Vishnu, der ihn erhält, und Shiva (Mahesh), der ihn am Ende eines jeden Schöpfungszyklus wieder auflöst.

Chaitanya Mahaprabhu

Geb. ca. 1485 in Bengalen, Gründer einer Bhakti-Bewegung, in deren Mittelpunkt die Verehrung des göttlichen Paares Radha-Krishna steht.

Chittore

Die alte Hauptstadt des Staates Mewar.

Ganga

Der mit einer Göttin identifizierte Fluss

Ganges.

Gita	Siehe *Bhagavad Gita*.

Gopi   Eine besondere wechselseitige Liebe be-
                steht zwischen dem jugendlichen Krishna
                und den *Gopis*, den Hirtinnen von Brinda-
                ban. Sie treffen sich heimlich nachts zum
                Reigentanz (*Rasa Lila*).

Kali   „Die Schwarze": furchterregende Erschei-
                nungsform der Muttergottheit.

Mahasamadhi   Der körperliche Tod eines Menschen, der
                schon zu Lebzeiten Gottverwirklichung
                erlangt hat, wird als *Mahasamadhi* – das
                große und bewusste Einswerden mit dem
                Göttlichen – verstanden.

Mathura   Stadt an der Jamuna, unweit Brindaban;
                Geburtsstadt Krishnas und Residenz des
                dämonischen Königs Kamsa, der von
                Krishna vernichtet wird.

Maya   Täuschung, Illusion, Unwirklichkeit.

Nandalal   ein Beiname Krishnas (Pflegesohn des
                Hirten Nanda).

Narad   Ein Bote und Vermittler zwischen der
                Welt der Götter und der Menschen. Er ist
                ein Verehrer Gottes in seiner Gestalt als
                Narayana und wird in der Kunst immer
                mit einem Saiteninstrument (*Vina*) darge-
                stellt, mit dem er seinen Lobgesang Gottes
                begleitet. Er gilt als Autor der *Bhakti Sutras*
                (Aphorismen über die Gottesliebe).

Prayag	Heute Allahabad: Stadt am Zusammenfluss von Ganges und Jamuna.
Raga	Grundmelodie der klassischen indischen Musik. Die Ragas sind Tages- und Jahreszeiten zugeordnet.
Rajputen	„Königssöhne": ein über Nordindien verbreiteter Clan, der etliche Königreiche gründete.
Rasa Lila	Der Reigentanz des jugendlichen Krishna als Hirtenknabe mit den ihn liebenden *Gopis* (Hirtenmädchen; symbolisch für die gottliebende Seele) in Brindaban am Ufer der Jamuna. Die auf dem *Bhagavata-Purana* beruhende Darstellung wurde zu einem Hauptthema der indischen Kunst und Dichtung.
Sadhaka	geistig Strebender; jemand, der *Sadhana* (spirituelle Übungen) praktiziert.
Sadhika	Weiblicher *Sadhaka*.
Sadhu	Tugendhafter Mensch, Weiser; meist ein Mönch.
Samadhi	Ein überbewusster Zustand der Vereinigung des individuellen Bewusstseins mit dem unbegrenzten kosmischen Bewusstsein. Im *Bhava-Samadhi* bleibt ein Rest von Körperbewusstsein erhalten, so dass man z.B. singen und tanzen kann, aber nicht als die eigene Persönlichkeit, sondern als Instrument eines göttlichen Bewusstseins, das von der begrenzten menschlichen

Persönlichkeit Besitz ergriffen hat.

Shahinshah	„König der Könige": Titel der Mogulkaiser. Akbar war der dritte Kaiser dieser Dynastie. Zu seinem Reich gehörten Afghanistan, das heutige Pakistan sowie der größte Teil Nord- und Zentralindiens. Mewar war noch unabhängig. Akbar festigte sein Imperium durch eine Politik der religiösen Toleranz und Integration.
Shakti	Energie, göttliche Kraft. *Shakti* wird auch die als Gefährtin einer männlichen Gottheit personifizierte göttliche Energie genannt; analog dazu die von göttlicher Kraft erfüllte Gemahlin eines heiligen Mannes.
Shyam	„Der Dunkle": ein Beiname Krishnas, der sich auf seine dunkle Hautfarbe bezieht.
Tapasya	„Hitze": Aus selbstgewählter Askese gewonnene konzentrierte Energie.
Trimurti	Siehe *Brahma, Vishnu, Mahesh*.

MIX
Papier | Fördert
gute Waldnutzung
FSC® C083411

Zeitfracht Medien GmbH
Ferdinand-Jühlke-Straße 7
99095 Erfurt, Deutschland
produktsicherheit@kolibri360.de